TRANZLATY

Sprache ist für alle da

Lingua est pro omnibus

Die Verwandlung
Transmutatio

Franz Kafka
Franciscus Kafka

Deutsch
Latina

ISBN: 978-1-83566-656-2
Die Verwandlung

Franz Kafka, 1915

www.tranzlaty.com

Teil Eins

Pars Prima

Gregor Samsa erwachte eines Morgens aus unruhigen Träumen.

Gregorius Samsa quodam mane e somniis turbulentis expergefactus est.

Er befand sich in seinem Bett, konnte sich aber nicht bewegen.

In lecto suo se invenit, sed movere non poterat.

Er war in ein monströses Ungeziefer verwandelt worden.

In monstruosam bestiolam transformatus erat.

Er lag auf dem Rücken, der sich hart wie eine Rüstung anfühlte.

Supinus iacebat, quod durum erat instar loricae.

Indem er den Kopf ein wenig hob, konnte er seinen Bauch sehen.

Capite paulum sublato ventrem suum videre potuit.

Sein Bauch aber war gewölbt und in Segmente unterteilt.

Sed venter eius convolutus et in segmenta divisus erat.

Die Decke lag auf seinem runden Bauch.

Stragulum super ventrem eius rotundum quiescebat.

Die Decke war jedoch kurz davor, ganz herunterzurutschen.

Sed stragulum paene omnino deorsum labi erat.

Seine Beine wirkten im Vergleich zu ihrer üblichen Größe jämmerlich.

Crura eius, prae solita magnitudine, misera erant.

Und seine vielen Beine flackerten hilflos vor seinen Augen.

Et multae eius crura ante oculos impotentes vibrabant.

„Was ist nur mit mir geschehen?", dachte er bei sich.

"Quid mihi accidit?" secum cogitavit.

Aber es war kein Traum, aus dem er nicht erwachen konnte.

Sed non erat somnium ex quo expergisci non posset.

Es war tatsächlich sein eigenes Zimmer, in dem er sich wiederfand.

Vere in cubiculo suo se invenit.

Ein richtiges Zimmer für Menschen, aber leider etwas zu klein.

Verum locus hominibus, sed paulo nimis angustus.

Er lag still zwischen den vier bekannten Mauern.

Inter quattuor parietes notos tacite iacebat.

Auf dem Tisch befand sich eine Sammlung von Textilmustern.

In mensa erat collectio exemplorum textilium.

Samsa war Handelsreisender, daher die Muster.

Samsa erat viator mercator, hinc exempla.

Über den auseinandergenommenen Textilproben hing ein Bild.

Supra exempla textilia disiecta erat imago.

Er hatte das Bild erst vor Kurzem aus einer Zeitschrift ausgeschnitten.

Imaginem nuper ex periodico exsciderat.

Er hatte das Bild in einen hübschen, vergoldeten Rahmen gefasst.

Imaginem in pulchro quadro aurato posuerat.

Das gerahmte Bild zeigte eine aufrecht sitzende Dame.

Imago in cornice facta feminam erectam sedentem depingebat.

Sie trug eine Pelzmütze und hatte einen Pelzmuff.

Petasum pelliceum gerebat et manicam pelliceam habebat.

Sie hob ihre Hand in Richtung des Betrachters des Bildes.

Manum ad spectatorem imaginis tollebat.

Ihr ganzer Unterarm verschwand in ihrem schweren Pelzmuff.

Totum bracchium eius in gravi manicula pellis evanuit.

Gregor blickte aus dem Fenster auf das trübe Wetter.

Gregorius per fenestram in caelum triste prospexit.

Man konnte hören, wie schwere Regentropfen gegen das Fenster prasselten.

Audiri poterat graves guttas pluviae fenestram percutientes.

Das graue Wetter stimmte ihn sehr melancholisch.

Caelum canum eum valde melancholicum reddidit.

„Wie wäre es, wenn ich noch ein bisschen länger schlafe?", dachte er.

"Quid si paulo diutius dormiam?" cogitavit.

"Mehr Schlaf könnte mir helfen, diesen Unsinn zu vergessen."

"Plus somni fortasse me adiuvabit ut has ineptias obliviscar."

Länger zu schlafen war jedoch völlig unmöglich.

Sed diutius dormire omnino impossibile erat.

Weil er es gewohnt war, auf seiner rechten Seite zu schlafen.

Quia assueverat in latere dextro dormire.

Sein aktueller Zustand schränkte jedoch seine üblichen Bewegungsfreiheiten ein.

Sed status eius praesens motus eius consuetos impediebat.

Er hatte keine Möglichkeit, in diese Lage zu gelangen.

Nullam viam habebat se in hanc positionem inducere.

Er versuchte sein Bestes, sich auf die rechte Seite zu werfen.

Pro viribus se in latus dextrum iacere conatus est.

Er hat diese Bewegung wahrscheinlich hundertmal versucht.

Hoc motum centies fortasse temptavit.

Aber er kippte immer wieder in die Rückenlage zurück.

Sed semper in positionem supinam retrorsum vacillabat.

Er schloss die Augen, um seine unruhigen Beine nicht sehen zu müssen.

Oculos clausit ne crura sua inquieta videret.

Am Ende hinderten ihn seine Schmerzen daran, es noch einmal zu versuchen.

Tandem dolor eum prohibuit quominus iterum conaretur.

Ein dumpfer Schmerz in der Seite, den er noch nie zuvor gespürt hatte.

Dolor obtusus in latere quem numquam antea senserat.

„Oh Gott", dachte Gregor Samsa verzweifelt bei sich.

"Pro deus," Gregor Samsa secum desperans cogitavit.

"Was für einen anstrengenden Beruf ich mir da doch ausgesucht habe!"

"Quam strenuam mihi professionem elegi!"

„Ich muss beruflich Tag für Tag reisen."

"Cotidie, mihi propter negotium iter facere necesse est."

„Büroarbeit ist viel einfacher als die Arbeit unterwegs."

"Labor officii multo facilius est quam labor in via."

„Und ich habe den Fluch, ständig reisen zu müssen."
"Et maledictio mihi est circumvagandi."
„Die ganze Sorge, die Züge nicht rechtzeitig zu verpassen."
"Omnes curae de tempore ad tramina perveniendo."
„Meine Mahlzeiten sind unregelmäßig und das Essen ist schlecht."
"Tempora ciborum meorum irregularia sunt, et cibus malus est."
„Meine Freunde wechseln ständig, je nachdem, wo ich hinziehe."
"Amici mei semper de oppido in oppidum mutantur."
„Meine Interaktionen sind kühl und professionell."
"Interactiones quas habeo frigidae et professionales sunt."
„Sollen sich doch die Teufel mit solchen Arbeiten vergnügen!"
"Diabolus se oblectet hoc genere operis!"
Er verspürte ein leichtes Jucken im oberen Bereich seines Bauches.
Levem pruriginem in summo ventre sensit.
Er stemmte sich mit dem Rücken gegen den Bettpfosten.
Tergo se contra postem lecti impulit.
Er wollte seinen Kopf besser heben können.
Caput melius tollere posse voluit.
Er fand die juckende Stelle, die ihn plagte.
Locum prurientem qui eum vexabat invenit.
Sein Kopf schien mit kleinen weißen Punkten bedeckt zu sein.
Caput eius parvis punctis albis tectum esse videbatur.
Was diese kleinen weißen Punkte waren, konnte er nicht sagen.
Quid hi parvi candidi puncti essent, dicere non poterat.
Er hatte geplant, die Stelle mit einem seiner Beine zu berühren.
Constituerat locum uno crure tangere.
Doch als er die Stelle berührte, verspürte er ein seltsames Frösteln.
Sed cum locum tetigit, frigus mirum sensit.

Daraufhin zog er sein Bein sofort von der Stelle weg.
Itaque statim crus e loco retraxit.
Ihm blieb nichts anderes übrig, als das Jucken zu ertragen.
Nulla ei alia optio erat nisi pruriginem accipere.
Und er kehrte in seine vorherige Position im Bett zurück.
Et ad priorem suam positionem in lecto rediit.
„Wer so früh aufwacht, wird echt ziemlich dumm."
"Tam mane expergisci aliquem vere stultum reddit."
„Ein Mann braucht genug Schlaf", dachte er sich.
"Viro satis somnum habere oportet," secum cogitavit.
„Die anderen Handelsreisenden leben in Luxus."
"Ceteri viatores mercatores vitam luxuriosam agunt."
„Morgens übermittle ich die erhaltenen Bestellungen."
"Mane mandata accepta transfero."
„Währenddessen frühstücken die Herren noch."
"Interea illi viri adhuc ientaculum consumunt."
„Stellen Sie sich nur vor, ich würde das bei meinem Chef versuchen."
"Fingite modo si id cum domino meo facere conarer."
„Er würde mich feuern, bevor ich mit dem Frühstück fertig bin."
"Me dimitteret antequam ientaculum finiverim."
„Aber vielleicht wäre das auch nicht das Schlimmste."
"Sed fortasse nec id pessimum esset."
„Das Problem ist, dass meine Eltern mich zurückhalten."
"Problema est quod parentes mei me impediunt."
„Ohne sie hätte ich schon längst gekündigt."
"Nisi illi fuissent, iam munere me abdicavissem."
„Ich hätte mich dem Chef entgegengestellt und es ihm gesagt."
"Principi restitisse et ei dixissem."
„Ich würde genau sagen, was ich von ihm und der Stelle halte."
"Dicerem prorsus quod de eo et munere sentio."
„Er würde vom Schreibtisch fallen, wenn ich ihm alles erzählen würde!"
"De mensa caderet si ei omnia narrarem!"

„Es ist sehr seltsam, wie er an seinem Schreibtisch sitzt.“
"Valde mirum est modum quo in mensa sua sedet."
„Seine Art, mit seinen Untergebenen zu sprechen, ist nicht in Ordnung.“
"Modus quo cum subditis suis loquitur non est rectus."
„Und das Schlimmste ist, dass sein Gehör so schlecht ist.“
"Et pessima pars est quod auditus eius tam debilis est."
„Sie haben also keine andere Wahl, als ganz nah bei ihm zu sitzen.“
"Itaque nulla tibi optio est nisi proxime ei sedere."
„Aber trotz allem ist die Hoffnung noch nicht völlig verloren.“
"Sed his omnibus dictis, spes nondum omnino amissa est."
„Ich werde das Geld sparen, um die Schulden meiner Eltern zu begleichen.“
"Pecuniam servabo ut debitum parentum meorum solvam."
„Ich kann nichts tun, solange sie ihm noch Geld schulden.“
"Nihil facere possum dum adhuc ei pecuniam debent."
„Aber wenn die Schulden beglichen sind, werde ich es auf jeden Fall tun.“
"Sed cum debitum persolutum erit, certe faciam."
„Es wird wahrscheinlich noch fünf bis sechs Jahre dauern.“
"Quinque vel sex anni fortasse amplius requirentur."
"Ja, dann wird die große Trennung definitiv erfolgen."
"Ita vero, tum magna separatio certe fiet."
„Fürs Erste muss ich jedoch aufstehen.“
"Interim tamen, e lecto surgere mihi necesse est."
„Weil mein Zug um fünf Uhr abfährt.“
"Quia tramen meum hora quinta discessurum est."
Gregor blickte auf den tickenden Wecker auf dem Tisch.
Gregorius horologium excitatorium in mensa tictacantem aspexit.
"Himmlischer Vater!", dachte er, als er die Uhrzeit sah.
"Pater caelestis!" cogitavit, tempus videns.
Halb sieben war schon still und leise vergangen.
Hora sexta et dimidia iam tacite praeterierat et abierat.

**Und die Zeiger der Uhr bewegten sich immer weiter
vorwärts.**
Et acus horologii se porro movebant pergendo.
Es war nun fast Viertel vor sieben.
Et iam tempus appropinquabat hora septima ante
quadrantem.
**"Vielleicht hat der Wecker nicht geklingelt, um mich zu
wecken?", dachte er.**
"Fortasse horologium non sonuerat ut me expergefaceret?"
cogitavit.
Von seinem Bett aus inspizierte Gregor den Wecker.
Ex lecto suo Gregor horologium excitatorium inspexit.
Der Wecker war korrekt auf vier Uhr eingestellt.
Horologium excitatorium recte ad quartam horam positum
erat.
**Er konnte es sich nicht erklären, aber der Alarm musste
losgegangen sein.**
Explicare non potuit, sed signum alarmi sonuisse debuit.
**"Wie konnte ich den Wecker verschlafen, ohne es zu
merken?"**
"Quomodo per sonitum horologii dormivi nesciens?"
Wenn der Alarm losgeht, wackeln sogar die Möbel.
Cum sonat, horologium etiam supellectilem quatit.
**Er wusste, dass sein Schlaf alles andere als ruhig gewesen
war.**
Sciebat somnum suum omnino non placidum fuisse.
**Aber vielleicht war das der Grund, warum sein Schlaf so
viel tiefer war.**
Sed fortasse ea de causa somnus eius multo profundior erat.
Er musste darüber nachdenken, was er nun tun sollte.
Cogitare debebat quid nunc faceret.
Der nächste Zug fuhr erst um sieben Uhr ab.
Proximus tramen non ante horam septimam discessit.
Diesen Zug zu erreichen, wäre nahezu unmöglich.
Illud tramen capere paene impossibile esset.
Und die benötigten Textilien hatte er noch nicht eingepackt.
Et textilia quae necessaria erant nondum convasaverat.

Er fühlte sich auch nicht besonders frisch und agil.
Nec se praecipue recentem et agilem sensit.
Vielleicht bestand die Möglichkeit, in den Zug einzusteigen.
Forsitan occasio erat in tramen ascendendi.
Doch ein Tadel vom Chef war so oder so unvermeidlich.
Sed increpatio a domino inevitabilis erat utroque modo.
Der Angestellte wäre in den Fünf-Uhr-Zug eingestiegen.
Scriba in tramen quintae horae conscendisset.
Der Büroangestellte war ein willensschwaches Werkzeug des Chefs.
Scriba officii erat creatura sine spina dorsali ducis.
Gregors Abwesenheit wäre also bereits gemeldet worden.
Ergo absentia Gregoris iam nuntiata esset.
„Was wäre, wenn ich mich krankmelde?", überlegte Gregor.
"Quid si aegrotum me esse dicam?" Gregor cogitabat.
Das wäre aber äußerst peinlich und verdächtig.
Sed id maxime pudendum et suspectum esset.
Gregor war in der gesamten Zeit, die er dort arbeitete, nie krank gewesen.
Gregorius numquam aegrotaverat tempore quo ibi laboravit.
Und er hatte ihnen bereits fünf Jahre Dienst geleistet.
Et iam quinque annos servitii eis dederat.
Die Chancen standen gut, dass der Chef vorbeikommen würde, um nach ihm zu sehen.
Probabile erat dominum venturum esse ut eum inspiceret.
Er würde wahrscheinlich den Arzt der Krankenversicherung mitbringen.
Medicum assecurationis valetudinis probabiliter adduceret.
Und er würde die Eltern für ihren faulen Sohn verantwortlich machen.
Et parentes propter filium ignavum culparet.
Sie könnten gegen ihn keine Einwände erheben.
Nullam ei obiectionem facere possent.
Denn für ihn gab es nur zwei Arten von Arbeitern.
Quia ei duo tantum genera operariorum erant.
Entweder waren die Arbeiter kerngesund oder arbeitsscheu.
Operarii aut omnino sani erant, aut laborem verecundi.

Und läge er mit dieser grundlegenden Analyse überhaupt falsch?

Atque in illa fundamentali analysi etiam erraret?

In diesem Fall hatte er sicherlich ein starkes Argument.

Certe, hoc in casu, argumentum validum habuit.

Trotz seines Aussehens fühlte sich Gregor tatsächlich recht wohl.

Quamquam specie praeditus, Gregorius re vera satis bene se habebat.

Der unnötig lange Schlaf hatte ihn etwas schläfrig gemacht.

Longus et superfluus somnus eum paulum somnolentum reddidit.

Abgesehen davon konnte er sich aber über keine Krankheit beklagen.

Sed praeter hoc de morbo queri non poterat.

Er verspürte sogar einen besonders starken und gesunden Hunger.

Etiam famem praecipue acrem et salubrem sensit.

Während er diesen Gedanken nachging, schlug die Uhr erneut.

Dum haec cogitabat, horologium iterum sonuit.

Laut Alarm war es jetzt Viertel vor sieben.

Secundum alarmum, iam hora septima et quadrans erat.

Und nun klopfte es auch leise an der Tür.

Et nunc etiam lenis pulsatio ad ianuam audita est.

„Gregor", rief ihm jemand zu – es war die Mutter.

"Gregor," aliquis ad eum clamavit – mater erat.

„Es ist Viertel vor sieben", bestätigte sie den Alarm.

"Septem ante quadrantem est," illa alarmum confirmavit.

"Wolltest du nicht gehen?", fragte die sanfte Stimme.

"Nonne abire voluisti?" rogavit vox lenis.

Gregor erschrak, als er seine eigene Stimme antworten hörte.

Gregor timuit cum vocem eius respondentem audivit.

Es war immer noch dieselbe Stimme, die er schon immer hatte.

Vox adhuc erat vox quam semper habuerat.

Doch nun mischte sich ein neuer Klang in seine Stimme.

Sed nunc novus sonus voci eius mixtus erat.

Tief aus seinem Inneren entfuhr ihm auch ein schmerzhafter Schrei.

Ex intimo eius quoque stridor dolorosus erupit.

Zunächst schien seine Stimme die Worte klar zu formen.

Primo vox eius verba clare formare visa est.

Doch dann hörte Gregor das Echo seiner Stimme in seinem Kopf.

Sed tum Gregor mentis resonantiam vocis eius audivit.

Die Aufnahme seiner Stimme ist auf seltsame Weise zerbrochen.

Vocis eius registratio modo quodam insolito interrupta est.

Und er war sich nicht sicher, ob er richtig gehört hatte.

Nec certus erat num recte audisset.

Gregor verspürte den starken Wunsch, eine ausführliche Antwort zu geben.

Gregor magnum desiderium sensit ut accuratam responsionem daret.

Er wollte seiner Mutter alles genau erklären.

Matri omnia clare explicare voluit.

Doch angesichts der Umstände musste er sich einschränken.

Sed, datis circumstantiis, se circumscribere debuit.

Und er antwortete viel kürzer, als er es gern getan hätte.

Et multo brevius quam voluisset respondit.

"Ja, Mutter, keine Sorge, danke, ich bin schon wach."

"Ita mater, noli solliciti esse, gratias tibi ago, iam surrexi."

Die Holztür trug vermutlich dazu bei, seine Stimme zu dämpfen.

Ianua lignea fortasse vocem eius suppressam adiuvit.

Draußen blieb die Veränderung in Gregors Stimme unbemerkt.

Foris mutatio vocis Gregorii inanimata mansit.

Die Mutter schien mit seiner Erklärung zufrieden zu sein.

Mater eius explanatione contenta visa est.

Und sie ging genauso leise wieder, wie sie gekommen war.

Et iterum discessit tam tacite quam venerat.

Doch das kurze Gespräch hatte eine unerwünschte Folge.

Sed brevis sermocinatio effectum invisum habuit.
Er erregte die Aufmerksamkeit der anderen Familienmitglieder.
Animum aliorum familiae sodalium ad se attraxit.
Gregor war noch zu Hause und nicht zur Arbeit gegangen.
Gregor adhuc domi erat neque ad laborem ierat.
Und nun klopfte auch der Vater an die Seitentür.
Et nunc pater etiam ianuam lateralem pulsavit.
Er klopfte schwach, aber entschlossen mit der Faust.
Debiliter sed determinate pugno pulsavit.
„Gregor, Gregor", rief er, „was ist das Problem?"
"Gregor, Gregor," clamavit, "quid est problema?"
Nach einer Weile warnte er erneut, diesmal mit tieferer Stimme.
Post paulum iterum graviore voce monuit.
Doch nun klopfte die Schwester an die andere Tür.
Sed ad alteram ianuam lateralem soror nunc pulsavit.
"Gregor? Geht es dir nicht gut?", fragte sie leise.
"Gregor? Nonne vales?" illa tacite rogavit.
„Brauchen Sie irgendetwas?", fragte sie besorgt.
"Estne aliquid quod tibi opus est?" rogavit sollicita.
Gregor antwortete beiden Seiten: „Ich bin schon fertig."
Gregor utrique parti respondit: "Iam finivi."
Er hatte sich größte Mühe gegeben, alle Wörter sorgfältig auszusprechen.
Omnia verba diligenter pronuntiabat.
Und er entfernte alles Auffällige aus seiner Stimme.
Et omnia quae in voce sua conspicua erant abstulit.
Auch der Vater schien mit der Antwort zufrieden zu sein.
Pater quoque responso contentus videbatur.
Und er kehrte zu seinem unvollendeten Frühstück zurück.
Et ad ientaculum imperfectum rediit.
Doch die Schwester flüsterte: „Gregor, mach auf, ich flehe dich an."
Sed soror susurravit, "Gregor, aperi, te obsecro."
Doch ihre Sorge um ihn konnte ihn in keiner Weise bewegen.

Sed eius cura de eo eum nullo modo movere poterat.

Gregor hatte nicht die Absicht, ihr die Tür zu öffnen.

Gregor nullum consilium habebat ianuam ei aperiendi.

Durch seine Reisen hatte er sich einige vorsichtige Gewohnheiten angeeignet.

Ex itineribus quasdam cautas consuetudines contraxerat.

Und er lobte sich selbst dafür, die Türen abgeschlossen zu haben.

Et se laudavit quod fores clausisset.

Zunächst wollte er in Ruhe und in seinem eigenen Tempo aufstehen.

Primo suo tempore tacite surgere voluit.

Und er wollte sich ungestört anziehen.

Et, sine perturbatione, vestiri voluit.

Nachdem er das geschafft hatte, wollte er frühstücken.

Hoc confecto, tum ientaculum sumere voluit.

Erst dann wollte er die Situation weiter überdenken.

Tum demum rem ulterius considerare voluit.

Er wusste, dass es sinnlos war, im Bett Pläne zu schmieden.

Sciebat frustra esse consilia in lecto facere.

Zu einem vernünftigen Schluss zu gelangen, wäre unmöglich.

Ad conclusionem sensatam pervenire impossibile esset.

Es gab schon andere Male, da war er mit leichten Schmerzen aufgewacht.

Fuerant aliae tempora cum levibus doloribus expergefactus esset.

Diese Schmerzen erwiesen sich stets als reine Einbildung.

Hae dolores semper mera imaginatio evadebant.

Beim Aufstehen verschwanden die Schmerzen ausnahmslos.

Cum e lecto surgeres, dolor semper evanescebat.

Er war neugierig, was mit diesen Ideen geschehen würde.

Curiosus erat videre quid his cogitationibus eventurum esset.

Die Veränderung seiner Stimme war wahrscheinlich nur auf eine Erkältung zurückzuführen.

Mutatio vocis eius probabiliter ex frigore tantum erat.

Erkältungen sind für Reisende einfach ein Berufsrisiko.

Gravedo periculum professionale viatoribus tantum est.
Er hatte keinen Zweifel daran, dass dies die logische Erklärung war.
Non dubitabat quin haec esset explicatio logica.
Es gelang ihm mühelos, die Decke von sich zu streifen.
Facile effectum est stragulum de se detrahere.
Er musste nur einatmen und sich aufblasen.
Nihil ei faciendum erat nisi inspirare et se inflare.
Die Decke rutschte von seinem Körper und landete auf dem Boden.
Stragulum de corpore eius delapsum in pavimentum cecidit.
Sein unglaublich breiter Körperbau erschwerte auch andere Dinge.
Corpus eius incredibiliter latum alia difficilia reddidit.
Er hätte Arme und Hände gebraucht, um aufzustehen.
Brachia et manus ei opus fuissent ad standum.
Aber er hatte nicht mehr die Gliedmaßen, die er früher gehabt hatte.
Sed membra quae olim habebat non habebat.
Anstelle von Armen und Händen hatte er viele kleine Beine.
Loco brachiorum et manuum multa crura parva habebat.
Und seine Beine bewegten sich ständig, ohne dass er es kontrollieren konnte.
Et crura eius perpetuo movebantur, sine eius potestate.
Er versuchte, ein Bein zu beugen, aber stattdessen streckte es sich.
Unum crus flectere conatus est, sed potius extensum est.
Schließlich gelang es ihm, ein Bein unter seine Kontrolle zu bringen.
Tandem unum crus sub potestatem suam redigere potuit.
Doch dann wurde die Bewegung der anderen Beine freigegeben.
Sed tum motus aliorum crurum solutus est.
Und seine Beine zuckten vor lauter Aufregung.
Et omnia crura eius prae magna laetitia contremuerunt.
Zuerst wollte er seinen Unterkörper aus dem Bett bekommen.

Primo partem inferiorem corporis e lecto extrahere voluit.

Seinen Unterkörper hatte er aber noch nicht gesehen.

Sed nondum revera partem inferiorem corporis sui viderat.

Und es erwies sich ohnehin als zu schwierig, diesen Teil zu versetzen.

Et hanc partem movere nimis difficile exstitit.

Schließlich wagte er mit all seiner Kraft einen waghalsigen Schritt.

Tandem, omnibus viribus, unum motum ferum fecit.

Ohne weiter zu zögern, trat er vorwärts.

Sine ulteriore haesitatione se ipsum promovit.

Doch er hatte die falsche Richtung eingeschlagen.

Sed viam falsam elegerat quo se progredi posset.

Er schlug mit voller Wucht mit dem Körper gegen den unteren Bettpfosten.

Violenter corpus suum in inferiorem postem lecti percussit.

Der brennende Schmerz, den er empfand, lehrte ihn eine wertvolle Lektion.

Dolor urens quem sensit ei pretiosam lectionem docuit.

Sein Unterkörper war vielleicht empfindlicher.

Pars inferior corporis eius fortasse sensibilior erat.

Also versuchte er zuerst, seinen Oberkörper aus dem Bett zu bekommen.

Ita primum superius corpus e lecto surgere conatus est.

Er drehte seinen Kopf vorsichtig in die richtige Richtung.

Caput caute in rectam partem vertit.

Und schon bald lag sein Kopf am Bettrand.

Et mox caput eius ad marginem lecti spectabat.

Diese vorsichtige Vorgehensweise fiel ihm tatsächlich leicht.

Hic cautus motus ei revera facilis erat.

Und weder seine Breite noch sein Gewicht hinderten ihn an seinen Bewegungen.

Et latitudo et pondus eius motum eius non impediverunt.

Die Masse seines Körpers folgte langsam der Drehung des Kopfes.

Massa corporis eius conversionem capitis lente secuta est.

Doch dann streckte er den Kopf über die Bettkante.

Sed tum caput trans marginem lecti tenuit.

Und er sah sich einer neuen Angst gegenüber, über die er noch nicht nachgedacht hatte.

Et novum timori, de quo nondum cogitaverat, obviam ivit.

Ein weiteres Vorgehen in dieser Richtung könnte gefährlich sein.

Hoc modo ulterius progredi periculosum esse posset.

Er hatte gedacht, er würde sich einfach fallen lassen.

Putaverat se se modo cadere passiturum esse.

Es wäre aber ein Wunder, wenn er sich dabei nicht am Kopf verletzen würde.

Sed miraculum esset, nisi caput laesisset.

Jetzt war nicht der richtige Zeitpunkt, um ein Bewusstseinsverlustrisiko einzugehen.

Nunc non erat tempus periculum amittendi conscientiae.

Vielleicht wäre es doch besser, im Bett zu bleiben.

Forsitan melius esset in lecto manere postremo.

Doch dann musste er denselben Aufwand betreiben, um zurückzukehren.

Sed deinde eundem conatum facere debuit ut rediret.

Nach all der Mühe lag er da, genau wie zuvor.

Post totum illum laborem ibi iacebat sicut antea.

Und nun schienen seine Beine noch wütender zu sein als zuvor.

Et nunc crura eius etiam iratiora quam antea visa sunt.

Die Bewegungen seiner Beine waren noch unkontrollierbarer geworden.

Motus cruris eius etiam magis effrenati facti sunt.

Er sah keinen Ausweg aus seiner Situation.

Nullam viam videbat qua ex situ, in quo erat, evaderet.

Aus diesem Chaos konnte kein Frieden und keine Ordnung hergestellt werden.

Pax et ordo ex hoc tumultu educi non poterant.

Aber er wusste, dass auch im Bett zu bleiben keine Option war.

Sed sciebat etiam in lecto manere non optionem esse.

Alles zu opfern war die vernünftigste Option.

Omnia sacrificare optio prudentissima erat.

Er klammerte sich an den kleinsten Hoffnungsschimmer, jemals wieder aufstehen zu können.

Levem spem e lecto surgendi retinuit.

Wenn ihm das gelingt, hat sich das ganze Risiko gelohnt.

Si hoc administrasset, omne periculum operae pretium fuisset.

Doch gleichzeitig erinnerte er sich auch an etwas anderes.

Sed etiam aliud aliquid simul recordatus est.

„Besser als verzweifelte Entscheidungen sind ruhige Überlegungen."

"Meliores quam desperata consilia sunt tranquillae cogitationes."

Mit aller Kraft konzentrierte er seinen Blick auf das Fenster.

Omni conatu oculos in fenestram direxit.

Doch was er sah, stimmte ihn wenig zuversichtlich und erfreute ihn nicht.

Sed quae vidit parvam fiduciae et laetitiae attulerunt.

Der Morgennebel hüllte die gesamte enge Straße ein.

Nebula matutina totam viam angustam obtegebat.

Der Wecker klingelte erneut; es war nun sieben Uhr.

Horologium excitatorium iterum sonuit; nunc hora septima erat.

„Es ist bereits sieben Uhr und es ist immer noch so neblig."

"Iam hora septima est et tanta adhuc nebula est."

Eine Zeitlang lag er still da und atmete nur schwach.

Aliquamdiu tacite iacuit, debiliter tantum spirans.

Vielleicht würde etwas Ruhe eine gewisse Normalität herbeiführen.

Forsitan aliqua quies normalitatem quandam afferret.

Völliges Schweigen könnte die wahren Zustände herbeiführen.

Silentium completum veras condiciones afferre potest.

Doch bevor die Uhr erneut schlug, durchbrach er das Schweigen.

Sed antequam horologium iterum sonuit, silentium rupit.

Bevor die Uhr wieder schlägt, muss ich aus dem Bett sein.

"Antequam horologium iterum sonet, e lecto surgere debeo."

„Ich muss bis dahin unbedingt komplett aus dem Bett sein.“

"Tum omnino omnino e lecto exisse debeo."

„Nach Viertel nach sieben schickt das Büro jemanden.“

"Post horam septimam et quadrantem officium aliquem mittet."

„Weil das Büro vor sieben Uhr öffnete.“

"Quia officium ante horam septimam apertum est."

Und nun begann er, seinen Körper aus dem Bett zu schaukeln.

Et nunc corpus suum e lecto excutere coepit.

Er hatte aufgehört, sich auf seinen Ober- oder Unterkörper zu konzentrieren.

Deseruerat intendere in partem superiorem vel inferiorem.

Sein ganzer Körper musste aus dem Bett herausragen.

Tota corporis eius longitudo e lecto relinquere debuit.

Bei einem Sturz in diese Richtung sollte sein Kopf geschützt sein, dachte er.

"Hoc modo cadere caput eius protegere debere," cogitavit.

Er hatte geplant, den Kopf zu heben, sobald er auf dem Boden aufschlug.

Constituerat caput tollere cum terram percussisset.

Sein Rücken schien hart genug für den Aufprall zu sein.

Pars posterior corporis eius satis dura ad ictum visa est.

Und der Teppich diente dazu, die Landung abzufedern.

Et tapete ibi erat ad appulsum molliendum.

Seine größte Sorge galt jedoch dem Lärm.

Maxima tamen eius cura erat magnus strepitus.

Das krachende Geräusch würde alle im Haus erschrecken.

Sonus fragorosus omnes in domo terreret.

Vielleicht hätten sie keine Angst vor dem lauten Lärm.

Fortasse magno strepitu non perterrerentur.

Aber sie wären mit Sicherheit besorgt, wenn sie davon hörten.

Sed certe sollicitos futuros erant si audirent.

Man musste aber das Risiko eingehen, Aufmerksamkeit zu erregen.

Sed periculum attentionem attrahendi suscipiendum erat.
Die neue Methode war eher ein Spiel als eine Anstrengung.
Nova methodus magis ludus quam conatus erat.
Er musste seinen Körper in plötzlichen und ruckartigen Bewegungen hin und her wiegen.
Corpus suum repentinis et abruptis motibus quatere debuit.
Gregor war schon halb aus dem Bett aufgestanden.
Gregor iam medium e lecto surrexerat.
Nun kam ihm gerade ein neuer Gedanke.
Nunc nova cogitatio ei in mentem venit.
„Es wäre alles so einfach, wenn mir jemand zu Hilfe käme."
"Tam facilia essent omnia si quis mihi auxilium ferret."
„Zwei kräftige Personen würden völlig ausreichen."
"Duo homines fortes omnino sufficerent."
Sein Vater und das Dienstmädchen wären stark genug.
Pater eius et ancilla satis fortes essent.
Sie müssten nur ihre Arme unter seinen Rücken schieben.
Brachia sua sub tergo eius inserere tantum deberent.
Und dann könnten sie ihn ganz leicht aus dem Bett ziehen.
Et tum eum facile e lecto detrahere possent.
Vielleicht hätten sie sein Gewicht langsam reduzieren müssen.
Fortasse pondus eius paulatim minuere debuissent.
Hoffentlich hätten die Beine dann ihren Zweck gefunden.
Utinam tum crura propositum suum invenissent.
Wäre es nicht letztendlich besser, um Hilfe zu rufen?
"Nonne melius esset postremo auxilium implorare?"
Das Problem war natürlich, dass er die Türen abgeschlossen hatte.
Problema scilicet erat quod fores clauserat.
Irgendwie hatte der Gedanke etwas, das ihn amüsierte.
Aliquid in cogitatione erat quod eum titillabat.
Und trotz seiner Notlage konnte er sich ein Lächeln nicht verkneifen.
Et quamvis difficultatibus suis, risum supprimere non potuit.
Er war schon kurz davor, das Gleichgewicht zu verlieren.
Iam prope erat ad aequilibrium amittendum.

Mit jedem Schwung kam er dem Umkippen vom Bett näher.
Quisque ictus eum propius ad casum de lecto adducebat.
Bald musste er die endgültige Entscheidung treffen.
Mox ei ultimam sententiam facere debebat.
In fünf Minuten würde es Viertel nach sieben sein.
Post quinque minutas septima et quarta futura erat.
Während er diesen Gedanken nachging, klingelte es an der Tür.
Dum haec cogitabat, tintinnabulum sonuit.
„Das ist jemand aus dem Büro", sagte er zu sich selbst.
"Ille est aliquis ex officio," sibi dixit.
Und er erstarrte fast vor Angst angesichts des Besuchers.
Et paene prae timore ob advenae obstupuit.
Seine Beine tanzten noch wilder als zuvor.
Crura eius etiam ferocius quam antea saltaverunt.
Doch dann herrschte einen Moment lang Stille.
Sed tum, per momentum, omnia silere permanserunt.
„Sie werden die Tür nicht öffnen", sagte Gregor zu sich selbst.
"Ianuam non aperient," Gregor sibi dixit.
Er war noch immer einer sinnlosen Hoffnung verfallen.
Spe quadam inani adhuc captus erat.
Doch dann ging das Dienstmädchen natürlich zur Tür.
Sed tum, scilicet, ancilla ad ianuam ambulavit.
Und wie immer öffnete sie dem Besucher die Tür.
Et, ut semper, ianuam hospiti aperuit.
Gregor brauchte nur die erste Begrüßung des Besuchers zu hören.
Gregorio tantum primam salutationem hospitis audire opus erat.
Er konnte sofort erkennen, wer ihn gesucht hatte.
Statim intellegere potuit quis pro eo venerat.
Der Hauptschreiber selbst war gekommen, um nach Samsa zu sehen.
Ipse scriba praefectus venerat ut Samsam inspiceret.
Warum war Gregor der Einzige, der zu diesem Schicksal verurteilt wurde?

Cur solus Gregor huic fato damnatus est?

Warum musste ausgerechnet er in einer solchen Organisation dienen?

Cur solus ille in tali organizatione servire debuit?

Das geringste Versehen weckte sofort Misstrauen.

Minima neglegentia statim suspicionem excitavit.

Waren alle Angestellten, die dort arbeiteten, Schurken?

Erantne omnes operarii qui ibi laborabant scelerati?

Gab es denn keinen treuen und ergebenen Menschen unter ihnen?

Num nullus inter eos erat fidelis et devotus?

Hätten sie nicht einfach einen Lehrling schicken können?

Nonne potuerunt simpliciter discipulum mittere?

War diese ganze Infragestellung überhaupt notwendig?

Num haec tota interrogatio vere necessaria erat?

Musste der Bevollmächtigte persönlich erscheinen?

Num ipse delegatus auctoratus venire debuit?

Musste wirklich die gesamte unschuldige Familie informiert werden?

Tota familia innocens certior fieri debuit?

All diese Überlegungen veranlassten Gregor zum Handeln.

Hae omnes considerationes Gregorium ad actionem impulerunt.

Er schwang sich mit aller Kraft aus dem Bett.

Totis viribus se e lecto exsiluit.

Es gab einen lauten Knall, aber es war eigentlich kein richtiges Geräusch.

Magnus fragor auditus est, sed non vere sonitus erat.

Der Fall wurde durch den Teppich etwas abgemildert.

Casus paulum mitigatus erat tapete.

Sein Rücken war elastischer, als Gregor angenommen hatte.

Dorsum eius elasticius erat quam Gregor putaverat.

Der Klang war also dumpfer und nicht so auffällig.

Ita sonus erat hebescentior, et non tam conspicuus.

Doch er hatte seinen Kopf während des Sturzes nicht geschützt.

Sed caput suum per casum non curaverat.

Und als er auf den Boden aufschlug, schlug er auch mit dem Kopf auf.

Et cum terram cecidisset, caput quoque percussit.

Er rieb sich vor Wut und Schmerz den Kopf am Teppich.

Ira et dolore caput in tapete fricuit.

Der Manager im Nachbarzimmer hörte jedoch den Lärm.

Sed procurator in cubiculo proximo strepitum audivit.

„Da ist etwas hineingefallen", stellte er richtig fest.

"Aliquid ibi cecidit," recte animadvertit.

Gregor versuchte, sich den Manager in seine Lage zu versetzen.

Gregorius conatus est administratorem in sua situ imaginari.

„Könnte ihm dasselbe passieren?", fragte er sich.

"Num idem ei accidere potest?" cogitabat.

Er akzeptierte, dass dieses seltsame Ereignis möglich sein könnte.

Accepit hoc mirum eventum fieri posse.

Und dann ging der Hauptsekretär ein paar Schritte in den Raum.

Et tum scriba princeps paucos gradus ad cubiculum fecit.

Es war fast schon eine plumpe Antwort auf seine Frage.

Paene rudis responsio erat ad quaestionem quam rogaverat.

Seine Lederstiefel knarrten, als er sich der Tür näherte.

Caligae eius coriaceae crepuerunt dum ad ianuam appropinquabat.

Aus dem Zimmer zu seiner Rechten flüsterte ihm seine Magd zu.

Ex cubiculo a dextra sua ancilla ei susurravit.

„Gregor, der Bevollmächtigte, ist hier."

"Gregor, legatus auctoratus adest."

„Ich weiß", sagte Gregor, aber nur leise zu sich selbst.

"Scio," inquit Gregor, sed sibi tantum tacite.

Er wagte es nicht, seine Stimme lauter als ein Flüstern zu erheben.

Non ausus est vocem supra susurrum tollere.

Weil Gregor nicht wollte, dass seine Schwester ihn hörte.

Quia Gregor sororem se audire nolebat.

„Gregor", sagte der Vater aus dem Zimmer links.
"Gregor," dixit pater e cubiculo a sinistra.
Der Manager ist gekommen, um nach dem Rechten zu sehen.
"Administrator venit ut inspiciat quid sit problema."
Er fragte, warum du nicht den frühen Zug genommen hast."
"Rogavit cur non primo tramine discesseris."
„Wir wissen nicht, was wir ihm sagen sollen", sagte der Vater.
"Nescimus quid ei dicamus," pater dixit.
„Übrigens möchte er auch persönlich mit Ihnen sprechen."
"Obiter, etiam tecum personaliter loqui vult."
„Bitte öffnen Sie die Tür, damit er mit Ihnen sprechen kann."
"Quaeso ianuam aperi, ut tecum loqui possit."
„Er wird so freundlich sein, das Chaos im Zimmer zu entschuldigen."
"Tantum benignus erit ut confusionem in cubiculo excusaret."
"Guten Morgen, Herr Samsa", rief ihm der Manager zu.
"Bonum mane, domine Samsa," eum procurator clamavit.
Und er sprach ganz gewiss in freundlicher Weise mit ihm.
Et certe amice cum eo locutus est.
„Es geht ihm nicht gut", sagte die Mutter zum Manager.
"Non bene se habet," dixit mater ad procuratorem.
„Es geht ihm überhaupt nicht gut, glauben Sie mir, lieber Manager."
"Minime valet, mihi crede, mi procurator."
"Warum sonst sollte Gregor den Morgenzug verpassen?"
"Cur aliter Gregor tramen matutinum amitteret?"
„Der Junge hat nichts anderes im Kopf als das Geschäft."
"Puer nihil nisi negotium in mente habet."
„Es ärgert mich fast, dass er nichts anderes tut."
"Paene me vexat quod nihil aliud facit."
„Ich wünschte, er würde abends an die frische Luft gehen."
"Utinam vesperi exiret ad aera purum."
„Er war acht Tage geschäftlich in der Stadt."

"Octo dies in urbe negotiorum causa fuit."
„Aber er war ja jeden dieser Abende zu Hause."
"Sed tum domi erat singulis illis vesperis"
„Er sitzt an unserem Tisch und liest die Zeitung."
"Ad mensam nostram sedet et diarium legit."
„Manchmal studiert er auch die Fahrpläne der Züge."
"Aliis temporibus, horaria traminum perscrutatur."
„Manchmal beschäftigt er sich mit Tischlerarbeiten."
"Interdum se arte fabrilia occupatum tenet."
„Zum Beispiel schnitzte er einen kleinen Bilderrahmen aus Holz."
"Exempli gratia, parvum ligneum marginum picturae sculpsit."
„An zwei oder drei Abenden war er mit der Säge beschäftigt."
"Per duas aut tres vesperas serra occupatus erat."
„Sie werden staunen, wie hübsch der Bilderrahmen ist."
"Miraberis quam pulchra sit cornice pictoria."
„Er hat den Bilderrahmen in seinem Zimmer aufgehängt."
"Cornicem picturae in cubiculo suo suspendit."
„Wenn er die Tür öffnet, werden Sie seine Holzarbeiten sehen."
"Cum ianuam aperuerit, opera eius lignea videbis."
„Übrigens freut es mich, dass Sie hier sind, Herr Prokurist."
"Obiter, gaudeo te hic esse, Domine Prokurist."
„Wir allein hätten Gregor nicht dazu bringen können, die Tür zu öffnen."
"Nos soli Gregorium ianuam aperire cogere non potuissemus."
„Er ist so stur", gestand seine Mutter dem Angestellten.
"Tam pertinax est," mater eius scribae confessus est.
„Er ist ganz sicher krank, obwohl er das vorher bestritten hat."
"Certe aeger est, quamquam antea negavit."
„Ich komme gleich", sagte Gregor langsam und bedächtig.
"Statim adero," Gregor lente et caute dixit.
Doch er machte keine Anstalten, sich der Tür des Zimmers zuzuwenden.

Sed nullum motum ad ianuam cubiculi fecit.

Er wollte kein Wort des Gesprächs verpassen.

Nolebat verbum sermonis amittere.

Der Hauptsekretär stimmte der Einschätzung der Mutter zu.

Praefectus scribae cum matris aestimatione assensus est.

"Ich kann es Ihnen auch nicht anders erklären, Madam."

"Neque aliter id explicare possum, domina."

**„Hoffen wir alle, dass er keine schwere Krankheit hat",
sagte er.**

"Speremus omnes eum nullo gravi morbo laborare," inquit.

„Andererseits stellt es eine Gefahr in unserer Branche dar."

"Contra, periculum est in industria nostra."

**„Wir Geschäftsleute müssen oft Unannehmlichkeiten
überwinden."**

"Nos negotiatores saepe molestias superare debemus."

„Profis müssen leichte Schmerzen einfach aushalten."

"Peritis tantum per leves labores pergere necesse est."

Währenddessen klopfte sein Vater erneut an die andere Tür.

Interea pater eius alteram ianuam iterum pulsavit.

**„Kann der Hauptsekretär jetzt hereinkommen?", wollte er
wissen.**

"Num scriba princeps nunc intrare potest?" scire cupivit.

**"Nein, das kann er nicht", antwortete Gregor auf die Frage
seines Vaters.**

"Non, non potest," respondit Gregor ad patris
interrogationem.

Im Raum links von uns herrschte betretenes Schweigen.

Silentium incommodum in cubiculo ad sinistram cecidit.

Im Zimmer rechts begann die Schwester zu schluchzen.

In cubiculo a dextra soror singultire coepit.

Warum war die Schwester nicht zu den anderen gegangen?

Cur soror non ierat ut cum aliis esset?

Sie war wahrscheinlich gerade erst aufgestanden, dachte er.

"Fortasse modo e lecto surrexerat," cogitavit.

**Vielleicht hatte sie noch gar nicht angefangen, sich
anzuziehen.**

Fortasse nondum vestiri coeperit.

Gregor aber verstand nicht, warum sie weinte.
Sed Gregor cur illa fleret intellegere non poterat.
Lag es daran, dass er nicht aufgestanden war und den Manager hereingelassen hatte?
Num id erat quia non surrexit et procuratorem intromisit?
Lag es daran, dass er Gefahr lief, seinen Job zu verlieren?
Num id erat quia in periculo erat ne officium amitteret?
Könnte der Chef wie früher gegen die Eltern vorgehen?
Num dominus post parentes venire potest sicut antea?
Würde er seine alten Forderungen an sie wiederholen?
Num iterum vetera ab eis postulata acturus erat?
Diese Dinge waren wahrscheinlich unnötig.
De his rebus fortasse non erat curandum.
Im Moment hatte sie keinen Grund zu weinen.
In praesenti tempore nullam causam flendi habebat.
Gregor war noch da und sorgte für seine Familie.
Gregor adhuc hic erat, familiae necessitates alens.
Und er hatte nie die Absicht, die Familie zu verlassen.
Nec umquam familiam relinquendi consilium habuit.
Im Moment lag er einfach nur da auf dem Teppich.
Interim ibi in tapete iacuit.
Die Familie wusste nichts von seinem Zustand.
Familia condicionem eius ignorabat.
Hätten sie das gewusst, hätten sie seinen Chef nicht ermutigt.
Si scivissent, dominum eius non hortaturos fuissent.
Sie hätten nicht einmal den Manager ins Haus gelassen.
Ne administratorem quidem in domum admisissent.
Ihn abzuweisen wäre nicht besonders unhöflich gewesen.
Eum abigere non admodum rude fuisset.
Er hätte später problemlos eine passende Ausrede finden können.
Facile excusationem idoneam postea invenire potuisset.
Dafür hätte er nicht entlassen werden können.
Non erat res propter quam dimitti potuisset.
Gregor war der Ansicht, dass es jetzt vernünftiger wäre, allein gelassen zu werden.

Gregorius sensit nunc solum relinqui prudentius fore.

Ihn durch Weinen und Reden zu stören, brachte wenig.

Parum profecit eum fletu et sermone perturbare.

Doch die anderen beunruhigte die Ungewissheit.

Sed incertitudo erat quae alios vexabat.

Und genau diese Unsicherheit entschuldigte ihr Verhalten.

Et haec incertitudo eorum mores excusabat.

„Herr Samsa!", rief der Manager mit erhobener Stimme.

"Domine Samsa," exclamavit procurator voce elata.

„Was ist los mit dir?", wollte er wissen.

"Quid tibi agitur?" scire voluit.

„Du hast dich in deinem Zimmer verbarrikadiert."

"Te in cubiculo tuo obstruxisti."

„Sie antworten nur mit ‚Ja' oder ‚Nein'."

"Aut tantum 'ita' aut 'non' respondes."

„Du bereitest deinen Eltern große Sorgen."

"Parentibus tuis graves curas creas."

„Ich sehe keinen guten Grund, warum Sie sie beunruhigen sollten."

"Nullam bonam causam video cur eos sollicitares."

„Es gibt da noch eine Sache, die ich nebenbei erwähnen möchte."

"Est aliud quod obiter commemorabo."

„Sie vernachlässigen auch Ihre geschäftlichen Pflichten uns gegenüber."

"Munera tua negotialia erga nos quoque neglegis."

„Eine solche Verantwortungslosigkeit entspricht so gar nicht Ihrem Charakter."

"Talis inconsideratio prorsus ex ingenio tuo est."

„Ich spreche hier im Namen Ihrer Eltern und Ihres Chefs."

"Pro parentum tuorum et domini tui hic loquor."

„Und ich bitte Sie um eine sofortige und klare Erklärung."

"Et te peto ut statim ac perspicue explices."

„Das Ganze erstaunt mich wirklich, das muss ich sagen."

"Haec res tota me vere stupet, fateor."

„Ich dachte, ich kenne dich als ruhigen und vernünftigen Menschen."

"Putabam me te nosse ut hominem tranquillum et
rationabilem."
„Aber jetzt zeigst du uns eine andere Seite von dir."
"Sed nunc nobis aliam partem tui ostendis."
„Plötzlich zeigst du deine ganz eigenen Launen."
"Subito tua peculiarissima capriciis ostendis."
„Aber es könnte eine Erklärung für Ihr Scheitern geben."
"Sed fortasse est explicatio insuccessus tui."
**„Der Chef erwähnte eine Forderung, die Sie für uns
eingetrieben hatten."**
"Dominus debitum quod nobis collegeras mentionem fecit."
**"Ich habe dem Chef in Ihrem Namen mein Ehrenwort
gegeben."**
"Fidem meam honoris nomine tuo domino dedi."
„Aber jetzt sehe ich deine unverständliche Sturheit."
"Sed nunc pertinaciam tuam incomprehensibilem video."
**"Vielleicht verliere ich auch noch jegliche Lust, dir
überhaupt zu helfen."**
"Fortasse tamen omnem cupiditatem meam te omnino
adiuvandi amitterem."
„Ihre Arbeitsplatzsicherheit ist keineswegs völlig stabil."
"Securitas officii tui nullo modo omnino stabilis est."
**„Eigentlich wollte ich euch das alles unter vier Augen
erzählen."**
"Initio tibi haec omnia privatim narrare constitueram."
**„Aber jetzt sehe ich, dass Sie wollen, dass ich hier meine
Zeit verschwende."**
"Sed nunc video te velle me tempus meum hic perdere."
**„Ich sehe also keinen Grund, warum deine Eltern das nicht
wissen sollten."**
"Itaque nullam video causam cur parentes tui nesciant."
**„Ihre Leistungen in letzter Zeit waren nicht
zufriedenstellend."**
"Recens tua actio non fuit satisfactoria."
**„Ich räume ein, dass die Verkäufe zu dieser Jahreszeit
langsamer laufen."**
"Concedo venditiones hoc tempore anni tardiores esse."

„Aber es gibt keine Jahreszeit, in der es keine Verkäufe gibt."

"Sed nullum tempus anni est sine venditionibus."

Für einen Moment vergaß Gregor alles um sich herum.

Ad momentum Gregor omnia circa se obliviscitur.

„Aber Herr Prokurist!", rief Gregor verzweifelt aus.

"Sed domine Prokurist," exclamavit Gregor, desperans.

"Ich öffne die Tür sofort, jetzt gleich, keine Sorge."

"Statim ianuam aperiam, nunc ipsum, noli solliciti esse."

„Das Problem ist, dass ich mich ziemlich unwohl fühle."

"Problema est quod me satis aegrotum sentio."

„Mir war schwindelig, deshalb konnte ich die Tür nicht erreichen."

"Vertigo mea me prohibuit quominus ad ianuam pervenirem."

„Ich liege zwar noch im Bett, aber es geht mir schon viel besser."

"Adhuc in lecto iaceo, sed multo melius me habeo."

"Einen Moment bitte, ich stehe gerade erst auf."

"Momentum unum, quaeso, modo e lecto surgo."

"Einen Moment Geduld, Herr Prokurist, ist alles, worum ich bitte."

"Momentum patientiae nihil aliud peto, domine Prokurist."

„Es läuft nicht so gut, wie ich dachte, aber ich werde es schon schaffen."

"Non tam bene procedit quam putavi, sed bene mihi erit."

"Wie kann so etwas einem Menschen so schnell passieren?"

"Quomodo tale quid homini tam cito accidere potest?"

„Mir ging es gestern Abend gut, das wissen meine Eltern."

"Bene me habebam heri nocte, parentes mei id sciunt."

„Aber vielleicht hatte ich damals schon eine kleine Vorahnung."

"Sed fortasse iam tum parvam praesagitionem habui."

„Man könnte sich fragen, warum ich es nicht im Büro gemeldet habe."

"Fortasse rogabis cur id in officio non nuntiaverim."

„Ich dachte, ich würde mich morgen früh wieder viel besser fühlen."

"Putabam me mane iterum multo melius acturum esse."
„Man denkt immer, dass sie die Krankheit bis dahin besiegt haben werden."
"Semper quis putat se morbum tum victurum esse."
„Aber bitte! Verschonen Sie meine Eltern vor diesen Anschuldigungen!"
"Sed quaeso! Parentes meos ab his accusationibus serva!"
„Mir wurde kein Wort von dem erzählt, was Sie mir erzählt haben."
"Nihil mihi dictum est de iis quae mihi narrasti."
„Sie haben möglicherweise die letzten von mir versandten Befehle nicht gelesen."
"Fortasse ultima mandata quae misi non legisti."
„Übrigens, du brauchst dir heute keine Sorgen um mich zu machen."
"Obiter, hodie de me tibi non est curandum."
„Ich werde trotzdem den Zug um acht Uhr nehmen."
"Tamen tramen octavae horae vectus sum."
„Die wenigen Stunden Ruhe haben mich ausreichend gestärkt."
"Paucae horae quietis me satis confirmaverunt."
"Sie müssen wirklich nicht warten, Manager."
"Nulla vero necessitas est tibi exspectandi, administrator."
„Auch ich werde schon bald im Büro sein."
"Ego quoque mox in officio ero."
"Und bitte seien Sie so freundlich, ein gutes Wort für mich einzulegen."
"Et quaeso tam benignus sis ut verbum bonum pro me dicas."
Gregor hatte seine Erklärung recht hastig vorgetragen.
Gregor explicationem suam satis festinanter pronuntiaverat.
Er wusste selbst kaum, was er eigentlich sagen wollte.
Vix sciebat quid revera dicere conaretur.
Er ging zu der Kiste und versuchte, sich daran hochzuziehen.
Ad arcam accessit, et ea uti conatus est ut surgeret.
Er hatte wirklich die feste Absicht, die Tür zu öffnen.
Vere omnem intentionem habebat ianuam aperiendi.

Er wollte vom Bevollmächtigten empfangen werden.
A legato auctoritato videri voluit.
Und er wollte das Problem persönlich mit ihm lösen.
Et voluit problema cum eo personaliter solvere.
Er war gespannt darauf, wie die anderen auf ihn reagieren würden.
Cupidus erat scire quomodo alii ad eum reacturi essent.
Sie sind bestimmt inzwischen auch gespannt darauf, wie es ihm geht.
Iam etiam cupidi esse debent videre quomodo se habeat.
Es gab zwei mögliche Arten, wie sie auf ihn reagieren konnten.
Duae erant viae quibus ad eum reagerent.
Eine Möglichkeit war, dass sie Angst bekommen würden.
Una possibilitas erat ut timerent.
Wenn sie Angst hatten, dann trug er keine Verantwortung.
Si perterriti essent, nullam ei responsabilitatem esse.
Und dann müsste er sich keine Sorgen mehr um die Situation machen.
Et tum de situ non sollicitus esset.
Es gab aber auch noch eine andere Möglichkeit, die man in Betracht ziehen musste.
Sed erat etiam alia possibilitas de qua cogitandum erat.
Vielleicht würden sie ihn so, wie er war, einfach hinnehmen.
Forsitan placide eius modum agendi acciperent.
Dann hätte auch Gregor keinen Grund, sich aufzuregen.
Tum quoque Gregorius nullam causam haberet cur irasceretur.
Es bliebe noch genügend Zeit, den Zug zu erreichen.
Satis temporis adhuc esset ad tramen capiendum.
Das Aufrechtstehen war jedoch alles andere als einfach.
Tamen, rectus stare haudquaquam facile erat.
Bei seinen ersten Versuchen rutschte er von der Kiste ab.
Primis pluribus conatibus e arca elapsus est.
Die Kiste war zu glatt, als dass er sich dagegen stemmen konnte.

Arca nimis levis erat ut contra eam stare posset.

Und schließlich gab er sich noch einen letzten Anstoß, um aufzustehen.

Et tandem sibi ultimum impulsum dedit ut surgeret.

Er schenkte den Schmerzen in seinem Bauch keine Beachtung mehr.

Non amplius animum dolori in abdomine praebuit.

Egal wie groß der Schmerz sein würde, er würde es durchstehen.

Quantumvis magnus dolor, eum superaret.

Er ließ sich gegen die Lehne eines nahegelegenen Stuhls fallen.

In proximae sellae dorsum se demisit.

Und er hielt sich mit seinen kleinen Beinchen am Rand fest.

Et margines parvis cruribus suis tenuit.

Zu diesem Zeitpunkt hatte er sich besser im Griff.

Hoc tempore plus sui imperii consecutus erat.

Und sein Fall war stiller als der vorherige.

Et casus eius tacitior fuit quam prior.

Weil er dem Manager zuhören musste.

Quia audire debebat quae a procuratore dicebatur.

„Habt ihr irgendetwas davon verstanden?", fragte er die Eltern.

"Numquid ex his aliquid intellexistis?" parentes rogavit.

"Er würde uns doch nicht zum Narren halten, oder?"

"Non nos ridiculos faceret, nonne?"

„Um Gottes Willen!", rief die Mutter und weinte bereits.

"Pro deorum immortalium," clamavit mater, iam lacrimans.

„Er könnte schwer krank sein und wir quälen ihn."

"Gravissime aegrotat fortasse et nos eum cruciamus."

"Grete! Grete!", schrie sie ihrer Tochter zu.

"Greta! Greta!" clamavit ad filiam.

„Mutter?", rief die Schwester von der anderen Seite.

"Mater?" soror ex altera parte clamavit.

Dann kommunizierten sie durch Gregors Zimmer.

Deinde per cubiculum Gregorii communicaverunt.

„Gregor ist sehr krank und braucht Medikamente."

"Gregorius aegrotat valde et medicamentis opus est."

„Sie müssen sofort zum Arzt gehen.“

"Ad medicum statim ire debebis."

Hast du gehört, wie Gregor eben gesprochen hat?

"Audisti quomodo Gregor modo locutus est?"

„Das war die Stimme eines Tieres“, sagte der Manager.

"Vox animalis erat," dixit procurator.

Seine Worte waren leise im Vergleich zu den Schreien der Mutter.

Verba eius quieta erant comparata cum clamoribus matris.

"Anna! Anna!", rief der Vater durch das Vorzimmer.

"Anna! Anna!" pater per vestibulum clamavit.

Und er klatschte in die Hände, um ihre Aufmerksamkeit zu erregen.

Et manus plausit ut eorum attentionem ad se converteret.

"Holt sofort einen Schlüsseldienst!", befahl er dem Dienstmädchen.

"Fabrum serrarium statim advoca!" ancillae imperavit.

Die Mädchen rannten in ihren Röcken durch das Vorzimmer.

Puellae, in tunicis suis, per procubiculum cucurrerunt.

Und ihre Röcke raschelten, als sie an seinem Zimmer vorbeiliefen.

Et vestes earum susurraverunt dum praeter cubiculum eius currebant.

„Wie konnte sich die Schwester so schnell anziehen?“, dachte er.

"Quomodo soror tam celeriter vestita est?" cogitavit.

Die Tür war aufgerissen, aber nicht zugeschlagen.

Ianua disrupta est, sed non clausa est.

Dies kommt häufig in Haushalten vor, in denen ein großes Unglück geschieht.

Hoc commune est in domibus ubi magna infortunium accidit.

All das hatte Gregor jedoch deutlich ruhiger gemacht.

Sed haec omnia Gregorium multo tranquilliorem fecerant.

Als er seine eigenen Worte hörte, erschienen sie ihm klar.

Cum sua verba audivisset, ei clara visa sunt.

Tatsächlich war er der Ansicht, seine Worte seien eigentlich klarer gewesen.

Re vera, sentiebat verba sua re vera clariora fuisse.

Die anderen aber verstanden nicht mehr, was er sagte.

Sed alii iam non intellegebant quid diceret.

Vielleicht hatte er sich inzwischen an seine Ohren gewöhnt.

Forsitan iam auribus suis adsueverat.

Aber zumindest verstanden sie seine Situation jetzt besser.

Sed saltem nunc condicionem eius melius intellexerunt.

Sie erkannten, dass mit ihm tatsächlich etwas nicht stimmte.

Intellexerunt revera aliquid in eo vitii esse.

Und sie taten nun alles, was sie konnten, um ihm zu helfen.

Et nunc omnia quae poterant ei auxilium ferre faciebant.

Dies gab Gregor ein Gefühl des Selbstvertrauens, das ihm gefehlt hatte.

Hoc Gregori sensum fiduciae, quod ei deerat, praebuit.

Und er fühlte sich in der Familie wieder viel sicherer.

Et iterum in familia multo securior se sensit.

Er hatte das Gefühl, wieder in den menschlichen Kreis aufgenommen zu sein.

Sentiebat se iterum in circulum humanum inclusum esse.

Nun musste er hoffen, dass der Schlüsseldienst die Tür öffnen konnte.

Nunc sperare debebat fabrum serrarium ianuam aperire posse.

Und er hoffte, der Arzt könne solche Aufgaben ausführen.

Et speravit medicum talia officia perficere posse.

Er würde bald wieder mehr reden müssen.

Mox ei iterum plus loqui necesse erat.

Seine Stimme musste so klar wie möglich sein.

Vox eius quam clarissima esse debebat.

Zur Vorbereitung auf das Treffen räusperte er sich.

Ut ad conventum se pararet, tussivit.

Er bemühte sich jedoch, nur sehr leise zu husten.

Tamen, quantum in se habuit, tussire non nisi quietissime conatus est.

Das Geräusch klang möglicherweise anders als ein menschlicher Husten.
Sonitus fortasse aliter quam tussis humana sonuit.
Er wusste, dass er solche Dinge nicht mehr unterscheiden konnte.
Sciebat se talia iam discernere non posse.
Im Nebenzimmer war es vollkommen still geworden.
In proximo cubiculo silentium omnino factum erat.
Die Eltern saßen wahrscheinlich am Tisch.
Parentes probabiliter ad mensam sedebant.
Möglicherweise flüsterten sie mit dem Manager.
Fortasse cum moderatore susurrabant.
Vielleicht lehnten alle an der Tür und lauschten.
Fortasse omnes ad ianuam inclinabant et auscultabant.
Gregor schob den Stuhl langsam in Richtung Tür.
Gregor sellam lente ad ianuam impulit.
Er stemmte sich gegen die Tür und hielt sich aufrecht.
Ianuam impulit et se rectum tenuit.
Er stellte fest, dass sich an seinen Fußsohlen ein wenig Klebstoff befand.
Cognovit pulvinaria pedum suorum paulum glutinis habere.
Und er ruhte sich dort einen Moment lang von der Anstrengung aus.
Et ibi paulisper a labore quievit.
Nachdem er sich ausreichend ausgeruht hatte, begann er mit der nächsten Aufgabe.
Satis quieti, ad proximum negotium aggressus est.
Er begann, den Schlüssel mit dem Mund im Schloss zu drehen.
Clavem in sera ore vertere coepit.
Leider schien er gar keine Zähne zu haben.
Infeliciter, dentes veros ei nullos habere videbatur.
Aber welche andere Möglichkeit hätte er gehabt, an die Schlüssel zu gelangen?
Sed quam aliam viam habuit claves arripiendi?
Zum Glück für ihn waren seine Kiefer natürlich sehr kräftig.
Fortunate ei maxillae eius scilicet valde robustae erant.

Mit Hilfe seiner Kiefermuskeln brachte er den Schlüssel tatsächlich in Bewegung.

Maxillis adiuvantibus clavem vere movere fecit.

Er hatte keinen Zweifel daran, dass er sich damit auch selbst schadete.

Non dubitabat quin sibi quoque noceret.

Weil eine braune Flüssigkeit aus seinem Mund kam.

Quia liquor fuscus ex ore eius exibat.

Die braune Flüssigkeit ergoss sich über den Schlüssel und die Tür hinunter.

Liquor fuscus super clavem et per ianuam defluxit.

Aber Gregor kümmerte es nicht, dass er sich selbst schadete.

Sed Gregorius non curabat se sibi nocere.

„Können Sie das hören?", fragte der Manager im Nebenraum.

"Audisne hoc?" dixit procurator in proximo cubiculo.

„Er dreht den Schlüssel um", hatte der Manager bemerkt.

"Clavem vertit," animadverterat procurator.

Diese Worte waren eine große Ermutigung für Gregor.

Haec verba magnum Gregorio fuerunt solacium.

Aber auch Vater und Mutter hätten rufen sollen:

Sed pater et mater etiam clamare debuerunt:

„Gut gemacht, Gregor!", hätten sie ihm zurufen sollen.

"Bene, Gregor," clamare ad eum debuerunt.

„Immer weiter, immer weiter am Schlüssel drehen, du schaffst das."

"Perge, perge clavem illam verte, potes facere."

Stattdessen musste Gregor sich ihre Begeisterung vorstellen.

Sed Gregorius potius eorum laetitiam imaginari debuit.

Er presste die Zähne zusammen mit aller Kraft, die er hatte.

Maxillas tota vi compressit.

Und er drehte den Schlüssel weiter im Schloss.

Et clavem in sera vertere perrexit.

Sein Körper wand sich schmerzhaft im Kreis.

Dolorose corpus eius in circulum circum se torquebat.

Er konnte sich nur noch mit dem Mund aufrecht halten.

Nunc se ore solo rectum tenebat.

Um den Schlüssel weiterzudrehen, drückte er gegen die Tür.
Ut clavem pergeret torquere, contra ianuam pressit.
**Schließlich weckte das Knacken des Schlosses Gregor
wieder auf.**
Tandem crepitus serae Gregorium iterum excitavit.
**„Ich brauchte also keinen Schlüsseldienst", seufzte er
erleichtert.**
"Itaque fabro serrario non opus erat," cum solatio suspiravit.
**Jetzt musste er nur noch die Tür öffnen, die er
aufgeschlossen hatte.**
Nunc tantum ianuam quam reseraverat aperire debebat.
Und mit dem Kopf auf dem Türgriff öffnete er die Tür.
Et capite in ansa posito ianuam aperuit.
Er befand sich hinter der Tür, die in sein Zimmer führte.
Post ianuam erat, quae in cubiculum eius patebat.
Die Tür war also schon offen, bevor man ihn sehen konnte.
Ita ianua iam aperta erat antequam videri posset.
Als Nächstes musste er sich um die Tür herummanövrieren.
Deinde se circum ipsam ianuam movere debuit.
Diese schwierige Bewegung erforderte auch viel Mühe.
Hic difficilis motus etiam magnum laborem requirebat.
Er wollte nicht ungeschickt in den nächsten Raum fallen.
Nolebat in proximam cameram inepte cadere.
**So hatte er keine Zeit, sich auf irgendetwas anderes zu
konzentrieren.**
Itaque nullum tempus habuit ut aliis rebus attenderet.
Doch dann hörte er den Hauptsekretär laut „Oh!" ausrufen.
Sed tum audivit praefectum scribam magnum clamorem "Oh!"
edidisse.
Es klang, als würde der Wind durchs Haus rauschen.
Sonabat quasi ventus per domum ferretur.
Er war zufällig derjenige, der der Tür am nächsten stand.
Forte is erat qui ianuae proximus erat.
Und als er ihn nun sah, presste er die Hand an den Mund.
Et nunc, eum videns, manum ori admovit.
Langsam bewegte er sich rückwärts, weg von Gregor.
Lente se retrorsum movit, a Gregore recedens.

Aber es war, als ob eine unsichtbare Kraft auf ihn einwirkte.
Sed quasi vis invisibilis in eum ageret.
Das Erste, was die Mutter tat, war, den Vater anzusehen.
Primum quod mater fecit fuit patrem aspicere.
Trotz der Anwesenheit des Managers war ihr Haar zerzaust.
Praesente moderatore, capilli eius incompositi erant.
Sie verschränkte die Arme und machte zwei Schritte nach vorn.
Brachia extendit, et duos gradus progressa est.
Doch dann brach sie mitten in ihrem Rock zusammen.
Sed tum in media tunica concidit.
Ihr Kleid breitete sich um sie herum auf dem Boden aus.
Vestis eius se circum eam per solum expansam est.
Und ihr Kopf verschwand auf ihren eigenen Brüsten.
Et caput eius in propria pectora decidit.
Der Vater ballte mit feindseligem Gesichtsausdruck die Faust.
Pater pugnum cum vultu hostili strinxit.
Er schien Gregor zurück in sein Zimmer drängen zu wollen.
Gregorium in cubiculum suum repellendum velle videbatur.
Dann blickte er unsicher im Wohnzimmer umher.
Tum incertus circum conclave aspexit.
Und schließlich bedeckte er seine Augen mit den Händen.
Tandemque oculos manibus texit.
Und er weinte bitterlich, bis seine mächtige Brust erbebte.
Et amare flevit donec ingens pectus eius tremuit.
Gregor betrat ihr Zimmer tatsächlich gar nicht.
Gregor revera cubiculum eorum omnino non ingressus est.
Stattdessen lehnte er sich an den Türrahmen.
Potius se ad postium ianuae incubuit.
Von außen war nur die Hälfte seines Körpers sichtbar.
Dimidia tantum corporis eius iis qui foris erant conspici poterat.
Und auf seinem Körper befand sich sein Kopf, zur Seite geneigt.
Et supra corpus eius caput eius, in latus inclinatum, erat.
Das Licht war inzwischen viel heller geworden als zuvor.

Iam lux multo clarior quam antea facta erat.

Man konnte nun deutlich die andere Straßenseite sehen.

Alteram partem viae iam clare videre poterat quis.

Ein Teil des endlosen, grauen Krankenhauses gab sich zu erkennen.

Pars infiniti et grisei valetudinarii se revelavit.

Der Morgenregen hatte noch nicht ganz aufgehört.

Pluvia matutina nondum omnino cadere desierat.

Doch nun waren die Regentropfen größer und weiter voneinander entfernt.

Sed nunc guttae pluviae maiores erant et longius inter se distantes.

Das Frühstücksbuffet war in Hülle und Fülle vorhanden.

Fercula ientaculi in mensa abundanter erant.

Der Vater hielt das Frühstück für die wichtigste Mahlzeit.

Pater ientaculum cibum gravissimum putabat.

Das Frühstück war eine Mahlzeit, die er stundenlang in die Länge zog.

Ientaculum erat cibus quem per horas trahebat.

Und in diesen Stunden las er die verschiedenen Zeitungen.

Et his horis varia diaria legebat.

Direkt gegenüber hing ein Foto von Gregor.

In pariete opposito pendebat photographia Gregoris.

Das Foto an der Wand zeigte ihn als Leutnant.

Photographia in pariete eum ut locumtenentem ostendebat.

Es war ein Foto aus seiner Zeit beim Militär.

Imago erat ex tempore quo in militia egit.

Seine Hand ruhte auf seinem Schwert, und er hatte ein unbeschwertes Lächeln im Gesicht.

Manus eius in gladio erat, et risum securus gerebat.

Seine Haltung und seine Uniform flößten einen gewissen Respekt ein.

Habitus eius et vestis quandam reverentiam exigebant.

Die andere Tür, die zum Vorzimmer führte, war ebenfalls offen.

Altera ianua quae ad procubiculum ducebat etiam aperta erat.

Und die Tür zur Wohnung war auch noch offen.

Et ianua in aedificium adhuc aperta erat.

Man konnte bis zum Vorhof des Wohnhauses sehen.

Usque ad atrium aedificii prospicere poterat quis.

Und dann führte die Treppe hinunter auf die Straße.

Deinde scalae in viam inferiorem ducebant.

Gregor war der Einzige, der die Fassung bewahrt hatte.

Solus Gregorius aequanimitatem servaverat.

Er hat das gesehen, daher lag die Verantwortung für das Gespräch bei ihm.

Hoc vidit, ergo sermo eius erat responsabilitas.

"So, ich werde mich jetzt für die Arbeit anziehen", sagte er.

"Bene, nunc me ad opus vestiam," inquit.

„Sobald ich die Textilmuster verpackt habe, werde ich abreisen.“

"Postquam exempla textilium convasavero, discedam."

"Beabsichtigen Sie immer noch, mich zu entlassen, Herr Prokurist?"

"Num adhuc me dimittere in animo habes, domine Prokurist?"

„Wie Sie sehen, bin ich nicht so stur, wie Sie dachten.“

"Ut videre potes, non tam pertinax sum quam putasti."

„Und Sie können sehen, dass ich doch gerne arbeite.“

"Et videre potes me laborare denique amare."

„Ich kann zugeben, dass Reisen aus beruflichen Gründen nicht einfach ist.“

"Fateri possum iter negotii causa non facile esse."

„Aber ich kann auch akzeptieren, dass es Teil meines Jobs ist.“

"Sed etiam accipere possum id partem officii mei esse."

"Manager, wo gehen Sie hin? Zurück ins Büro?"

"Procurator, quo is? Ad officium reverteris?"

„Werden Sie alles, was Sie gesehen haben, wahrheitsgemäß berichten?“

"Vere omnia quae vidisti narrabis?"

„Manchmal kommt es vor, dass man nicht zur Arbeit gehen kann.“

"Interdum accidit ut quis ad laborem ire non possit."

„Das ist der richtige Zeitpunkt, um sich an vergangene Erfolge zu erinnern."
"Hoc est tempus opportunum ad res gestas praeteritas meminisse."
„Nachdem die Schwierigkeit beseitigt wurde, funktioniert es sogar noch besser."
"Post remotam difficultatem, quisque etiam melius laborat."
„Mein Fleiß und meine Konzentration werden zunehmen."
"Diligentia mea et attentio augentur."
"Sie wissen ganz genau, dass ich dem Chef etwas schulde."
"Probe scis me domino debere."
„Aber ich mache mir auch Sorgen um meine Eltern und meine Schwester."
"Sed etiam de parentibus meis et sorore mea sollicita sum."
„Ich stecke in einer schwierigen Lage, aber ich werde einen Weg finden, da wieder herauszukommen."
"In angustiis sum, sed ex eo viam experiar."
„Macht es nicht noch schwieriger, als es ohnehin schon ist."
"Noli hoc difficilius reddere quam iam est."
„Als Kollegen müssen wir uns auch gegenseitig helfen."
"Ut collegae adiutores, etiam nos invicem adiuvare debemus."
„Ich weiß, dass die Büroangestellten die Reisenden nicht mögen."
"Scio ministros viatores non amare."
„Ihr glaubt, wir verdienen ein Vermögen und führen ein gutes Leben."
"Putas nos fortunam lucrari et vitam bene agere?"
„Sie haben keinen wirklichen Grund, ihre Vorurteile zu hinterfragen."
"Nullam veram causam habent cur praejudicium suum considerent."
„Sie als befugter Beamter haben jedoch eine andere Rolle."
"Sed tu, praefectus auctoratus, aliud munus habes."
„Sie haben einen besseren Überblick als die anderen Mitarbeiter."
"Meliorem conspectum habes quam ceteri ministri."

„Tatsächlich glaube ich, dass Sie den besten Überblick haben."

"Re vera, puto te optimam perspectionem habere."

„Sie haben einen besseren Überblick als der Chef selbst."

"Meliorem conspectum habes quam ipse dux."

„Ich gebe zu, dass der Chef die unternehmerische Arbeit leistet."

"Fateor dominum laborem entrepreneurialem facere."

„Aber es ist leicht, dass seine Urteile in die Irre geführt werden."

"Sed facile est iudicia eius falli."

„Und diese kleinen Fehleinschätzungen können uns zum Nachteil gereichen."

"Et haec parva iudicia errata nobis detrimento esse possunt."

„Sie wissen ja, wie leicht es ist, über den Reisenden zu sprechen."

"Scis quam facile sit de viatore loqui."

„Er ist nicht da, um seinen Ruf vor Gerüchten zu verteidigen."

"Non adest ut famam suam a rumoribus defendat."

„Diese Anschuldigungen können leicht nur Zufälle sein."

"Hae accusationes facile merae coincidentiae esse possunt."

„Viele Beschwerden beruhen nicht einmal auf irgendeiner Wahrheit."

"Multae querelae ne in ullis quidem veritatibus radicantur."

„Er ist fast das ganze Jahr über nicht im Büro."

"Fere toto anno ab officio abest."

Welche Chance hat er, seinen Ruf zu verteidigen?

"Quam spem habet famam suam defendendi?"

„Er erfährt gar nichts von den Anschuldigungen."

"Ne de accusationibus quidem audire potest."

„Er erfährt erst, was gesagt wurde, wenn es zu spät ist."

"Cum sero sit, quae dicta sint cognoscit."

„Zu diesem Zeitpunkt ist er von der Tagesreise völlig erschöpft."

"Eo tempore ex itinere diei fessus est."

„Er muss die schrecklichen Konsequenzen trotzdem am eigenen Leib erfahren.“

"Pessimas consequentias quoquo modo experiri debet."

„Auch wenn er keine Möglichkeit hat, das Problem zu verstehen.“

"Etsi nullo modo intellegendi problema habet."

"Oh Manager, gehen Sie nicht, ohne mir ein Wort zu sagen."

"O procurator, ne discedas nisi mihi verbum dicas."

„Sag mir wenigstens, dass du mir teilweise zustimmst.“

"Saltem mihi dic te mecum ex parte consentire."

Der Manager hatte sich aber schon viel früher von Gregor abgewandt.

Sed procurator multo antea a Gregorio se averterat.

Seine Schulter zuckte, als er Gregor anblickte.

Humerus eius contremuit cum ad Gregorium respexit.

Und er blieb während der gesamten Rede kein einziges Mal stehen.

Nec semel quidem per orationem quievit.

Er hatte Gregor mit zusammengepressten Lippen angesehen.

Labris contractis, ad Gregorium respexerat.

Er hatte sich allmählich in Richtung Tür zurückgezogen.

Paulatim ad ianuam se recipiebat.

Aber auch er konnte den Blick nicht von Gregor abwenden.

Sed nec a Gregore oculos avertere poterat.

Er hatte das Gefühl, es gäbe ein geheimes Verbot, den Raum zu verlassen.

Sentiebat quasi occultum interdictum cubiculum relinquendi esset.

Zu diesem Zeitpunkt befand er sich aber bereits in der Eingangshalle.

Sed hoc tempore iam in atrio erat.

Und nun machte er eine plötzliche Bewegung in Richtung Ausgang.

Et nunc subito motum ad exitum fecit.

Er streckte seine rechte Hand in Richtung der Treppe aus.

Dextram manum ad scalas extendit.

Vielleicht wartete eine übernatürliche Macht darauf, ihn zu retten.

Forsitan vis supernaturalis eum servare exspectabat.

Gregor wusste, dass er ihn so nicht gehen lassen konnte.

Gregor sciebat se eum sic discedere non posse permittere.

Der Manager darf nicht in der Stimmung zurückkehren, in der er sich befand.

Procurator non debet eo animo redire quo erat.

Gregors Arbeitsplatz war stark gefährdet.

Securitas muneris Gregorii magno periculo obnoxia erat.

Die Eltern konnten das alles nicht vollständig verstehen.

Parentes haec omnia plene intellegere non poterant.

Über die Jahre hatten sie sich an seine Arbeitsplatzsicherheit gewöhnt.

Per annos ad securitatem officii eius adsueverant.

Und sie waren davon überzeugt, dass er den Job auf Lebenszeit hatte.

Et persuasi erant eum munus in perpetuum habere.

Stattdessen hatten sie sich mit anderen Sorgen beschäftigt.

Potius aliis curis occupati facti erant.

Doch diese Bedenken führten dazu, dass sie jegliche Weitsicht verloren.

Sed hae curae eos ad omnem providentiam amittendam perduxerunt.

Gregor hatte jedoch die elterliche Weitsicht nicht verloren.

Gregor tamen providentiam parentis non amiserat.

Jemand musste den Bevollmächtigten stoppen.

Aliquis repraesentantem auctorizatum impedire debuit.

Er musste ihn beruhigen und überzeugen.

Eum sedare et persuadere debebat.

Davon hing die Zukunft von Gregor und seiner Familie ab!

Futura Gregoris et familiae eius inde pendebat!

Wenn doch nur die kluge Schwester da gewesen wäre, um zu helfen.

Utinam soror illa intelligens adesset ad auxilium ferendum.

Sie hatte schon geweint, als Gregor noch in seinem Zimmer war.

Iam lacrimaverat cum Gregor adhuc in cubiculo suo esset.

Zu diesem Zeitpunkt lag er einfach nur ruhig auf dem Rücken.

Eo tempore tacite supinus iacebat.

Sie wusste damals schon um die Bedeutung der Situation.

Iam tum momentum rei sciebat.

Der Manager hatte bekanntermaßen eine Schwäche für Frauen.

Praefectus notissimam habebat inclinationem erga mulieres.

Sie hätte ihn leicht dazu überreden können, länger zu bleiben.

Facile eum persuadere potuisset ut diutius maneret.

Sie hätte die Tür geschlossen und ihn wieder hineingeführt.

Clausisset ianuam et eum intro duxisset.

Doch leider war die Schwester bereits aufgebrochen, um einen Arzt zu holen.

Sed infeliciter soror medicum arcessum ierat.

Deshalb blieb Gregor nichts anderes übrig, als es selbst zu tun.

Ergo Gregori nulla alia optio erat nisi ipse id facere.

Er hatte nicht bedacht, welche Fähigkeiten er tatsächlich besaß.

Non cogitaverat quae revera essent suas facultates.

Und er hatte vergessen, seiner Fähigkeit zu sprechen zu misstrauen.

Et oblitus erat diffidere suae dicendi facultati.

Dennoch verließ er die Sicherheit seines Zimmers.

Sed nihilominus, cubiculi sui securitatem egressus est.

Und er drängte sich durch die Öffnung des Zimmers.

Et per foramen cubiculi se impulit.

Der Manager war bereits auf dem Weg die Treppe hinunter.

Procurator iam per scalas descendebat.

Aber er hielt sich mit beiden Händen am Geländer fest.

Sed ille ambabus manibus cancellos tenebat.

Gregor stürzte, als er sich durch die Tür schob.

Gregor cecidit dum se per ianuam impellebat.

Er stieß einen kleinen Schrei aus, als er nach Halt griff.

Dum auxilium prehendit, parvum clamorem emisit.

Doch anstatt in Panik zu geraten, verspürte er ein körperliches Wohlbefinden.

Sed potius quam pavor, corporis bene esse sensit.

Zum ersten Mal an diesem Morgen fühlte sich etwas richtig an.

Primo tempore illo mane aliquid rectum videbatur.

Alle seine Beine standen nun auf festem Boden.

Omnibus cruribus eius nunc solidam terram sub se habebant.

Er war überrascht, wie gut er seine Beine kontrollieren konnte.

Miratus est quam bene crura sua moderari posset.

Er freute sich, festzustellen, dass seine Beine ihm vollkommen gehorchten.

Laetus erat animadvertens crura sua sibi penitus parere.

Tatsächlich trugen ihn seine Beine überall hin, wo er hinwollte.

Re vera crura eius eum quocumque vellet ferebant.

Bald würden all seine Sorgen ein Ende finden.

Mox omnes eius dolores finem habituri erant.

Doch im selben Augenblick sprang seine eigene Mutter auf.

Sed eodem momento mater eius exsiluit.

Ihre Arme waren ausgestreckt und ihre Finger gespreizt.

Brachia eius extensa erant, digiti autem diffusi.

Und sie schrie: „Hilfe, um Gottes willen, helft mir!"

Et exclamavit, "Auxilium, pro deorum immortalium, aliquis auxilium ferat!"

Sie neigte den Kopf; sie wollte Gregor besser sehen.

Caput inclinavit; Gregorem melius videre cupiebat.

Doch im Gegensatz zu ihrer ersten Handlung rannte sie zurück.

Sed, contractionem cum prima actione, retro recurrit.

Sie hatte vergessen, dass der Tisch hinter ihr gedeckt war.

Oblita erat mensam post se positam esse.

Alle Speisen fürs Frühstück standen noch auf dem Tisch.

Omnia ad ientaculum adhuc in mensa erant.

Sie setzte sich hastig auf den Tisch, als sei sie abgelenkt.

Celeriter in mensa, quasi distracta, consedit.

Und sie schien den verschütteten Kaffee nicht zu bemerken.

Et illa effusum coffeum non animadvertisse visa est.

Der Kaffee, der inzwischen in den Teppich eingezogen war.

Coffea quae nunc in tapete madefaciebat.

„Mutter, Mutter", sagte Gregor leise und blickte zu ihr auf.

"Mater, mater," Gregor leniter dixit, ad eam suspiciens.

Im Moment war ihm der Manager nicht wichtig.

In praesenti tempore procurator ei non erat curae.

Aber da war auch noch der Kaffee, der auf den Teppich tropfte.

Sed etiam erat capulus stillans in tapete.

Gregor konnte nicht widerstehen und schnappte nach dem Kaffee.

Gregor non potuit resistere quin maxillas in capulus crepitaret.

Die Mutter fing wegen seines Verhaltens wieder an zu weinen.

Mater iterum propter eius mores lacrimare coepit.

Sie sprang vom Tisch, um Abstand von ihm zu gewinnen.

De mensa desiluit ut se ab eo distaret.

Und sie rannte in die Arme ihres Vaters, um Schutz zu suchen.

Et in amplexus patris, salutis causa, cucurrit.

Doch Gregor hatte jetzt keine Zeit mehr für seine Eltern.

Sed Gregorius nunc nullum tempus parentibus suis dandum habebat.

Der zuständige Beamte befand sich bereits auf der Treppe.

Praefectus auctoratus iam in scalabus erat.

Er hatte sein Kinn auf dem Geländer, um ins Haus zu schauen.

Mentum in cancello habebat, ut in domum inspiceret.

Offenbar wollte er sich das Spektakel noch ein letztes Mal ansehen.

Apparet eum ultimum spectaculi aspectum cupere.

Und Gregor unternahm einen letzten Versuch, den Manager zu erreichen.

Et Gregor ultimum conatum fecit ut ad administratorem perveniret.

Er rannte so sicher wie möglich zur Tür.

Ad ianuam quam tutissime potuit cucurrit.

Aber der Hauptsekretär muss etwas geahnt haben.

Sed scriba princeps aliquid suspicatus esse debet.

Denn er sprang mehrere Stufen hinunter und verschwand.

Quia aliquot gradibus desiluit et evanuit.

"Huh!", rief Gregor, und sein Ruf hallte durch das Treppenhaus.

"Huh!" clamavit Gregor, per scalas resonans.

Die Flucht des Managers schien auch seinen Vater zu verwirren.

Fuga procuratoris etiam patrem eius confudisse visa est.

Bis dahin war es ihm gelungen, recht gefasst zu bleiben.

Usque ad id tempus satis compositus manere potuerat.

Doch leider verlor auch er die Fassung, die er zuvor besessen hatte.

Sed infeliciter etiam ipse tranquillitatem, quam habuerat, amisit.

Er hätte Gregor bei seinem Vorhaben helfen sollen.

Quod facere debuisset, Gregorium in insequentia sua adiuvare.

Doch er packte den Gehstock des Managers mit einer Hand.

Sed baculum ambulationis procuratoris una manu prehendit.

In seiner anderen Hand hielt er nun eine Zeitung.

Et in altera manu nunc diarium tenebat.

Und nun behinderte er Gregor direkt bei seinem Vorhaben.

Et nunc Gregorium in insequendo suo directe impedimento erat.

Er hatte sich zwischen Gregor und die Straße gestellt.

Inter Gregorium et viam se interposuerat.

Er stampfte mit den Füßen auf und fuchtelte mit dem Stock und der Zeitung herum.

Pedes pulsavit, et baculum ac diurnum agitavit.

Und er zwang Gregor aktiv zurück in sein Zimmer.

Et Gregorium actu in cubiculum suum redire cogebat.

Keine der Bitten, die Gregor äußerte, half.
Nullae petitiones quas Gregor facere conatus est profuerunt.
Weil keines seiner Anliegen verstanden wurde.
Quia nullae ex petitionibus quas fecit intellectae sunt.
Er wandte den Kopf in eine tiefere, demütigere Haltung.
Caput ad angulum altiorem, humiliorem vertit.
Doch sein Vater antwortete, indem er noch heftiger mit den Füßen aufstampfte.
Sed pater eius pedibus etiam vehementius pulsando respondit.
Die Mutter öffnete trotz des kühlen Wetters ein Fenster.
Mater, quamquam caelum frigidum erat, fenestram aperuit.
Und sie presste ihr Gesicht in die Hände vor Kälte.
Et faciem in manus in frigore premit.
Der Wind konnte nun durch die gesamte Wohnung strömen.
Ventus iam per totum apartmentum transire poterat.
Ein starker Luftzug wehte vom Treppenhaus in die Gasse.
Validus tractus a scalaribus in angiportum spirabat.
Die Vorhänge wurden vom starken Wind hin und her bewegt.
Vela a vento valido volitabant.
Und die Zeitung auf dem Tisch raschelte im Wind.
Et diurna in mensa in vento susurrabant.
Sogar einige Blätter wurden von draußen ins Haus geweht.
Etiam quaedam folia extrinsecus in domum afflata sunt.
Der Vater stampfte mit den Füßen und schob unerbittlich.
Pater pedibus pulsavit et indefesse impulit.
Und er zischte und gab Geräusche von sich, wie es ein Wilder tun würde.
Et sibilavit et sonos edidit sicut vir ferus faceret.
Gregor hatte das Rückwärtsgehen aber noch nicht geübt.
Sed Gregor nondum retrorsum ambulare exercuerat.
Selbst Gregor würde zugeben, dass diese Bewegung wesentlich langsamer vonstatten ging.
Etiam Gregor fateretur hunc motum multo tardiorem fuisse.
Doch alles, was er wollte, war die Gelegenheit, umzukehren.
Nihil tamen nisi occasio convertendi volebat.

Dann wäre er sofort in sein Zimmer gegangen.

Tum statim in cubiculum suum isset.

Aber er hatte zu große Angst, seinen Vater ungeduldig zu machen.

Sed nimium timebat ne patrem impatientem redderet.

Und es bestand die Drohung mit einem Schlag mit dem Stock.

Et minae ictus baculi aderat.

Ein solcher Schlag auf den Hinterkopf könnte tödlich sein.

Talis ictus in occipitium mortifer esse potest.

Am Ende blieb Gregor jedoch keine andere Wahl.

Sed tandem Gregori nulla alia optio relicta est.

Ihm wurde klar, dass er nicht einmal mehr geradeaus rückwärts gehen konnte.

Intellexit se ne rectus quidem retrorsum ambulare posse.

Er begann sich so schnell wie möglich umzudrehen.

Quam celerrime potuit se convertere coepit.

Doch in Wirklichkeit war diese Drehbewegung genauso langsam.

Sed re vera hic motus conversionis aeque tardus erat.

Und ihm folgten die besorgten Blicke des Vaters.

Et anxii patris vultus eum secuti sunt.

Vielleicht bemerkte der Vater Gregors gute Absichten.

Fortasse pater bonas intentiones Gregoris animadvertit.

Weil er ihn nicht daran hinderte, sich umzudrehen.

Quia eum ne se converteret non impedivit.

Er benutzte sogar die Spitze seines Stocks, um die Drehung zu steuern.

Etiam cuspide baculi sui ad rotationem dirigendam usus est.

Gregor wünschte sich aber dennoch, sein Vater hätte ihn nicht angefaucht!

Sed Gregor adhuc optavit ut pater ei non sibilasset!

Das Zischen trug nur noch zur Verwirrung des Augenblicks bei.

Sibilus tantum confusionem momenti auxit.

Und dann unterlief ihm ein Fehler, und er bog in die falsche Richtung ab.

Deinde erravit et in viam falsam se convertit.

Am Ende gelang es ihm schließlich doch, den richtigen Weg einzuschlagen.

Tandem rectum viam se gerere contigit.

Und er war zufrieden mit den Fortschritten, die er gemacht hatte.

Et progressu quem fecerat gaudebat.

Doch dann trat das nächste Problem noch deutlicher zutage.

Sed tum problema proximum etiam clarius factum est.

Sein Körper war zu breit, um problemlos durch die Tür zu passen.

Corpus eius nimis latum erat ut per ianuam facile transiret.

In seinem jetzigen Zustand bemerkte der Vater dies nicht.

In statu suo praesenti pater hoc non animadvertit.

Deshalb kam es ihm nicht in den Sinn, die Tür weiter zu öffnen.

Itaque ei non venit in mentem ulterius ianuam aperire.

Dann wäre genügend Platz für Gregor gewesen.

Tum satis spatii Gregori fuisset.

Seine einzige Priorität war es, Gregor in sein Zimmer zu bringen.

Sola ei cura erat Gregorium in cubiculum suum inducere.

Er hätte aufstehen müssen, um durch die Tür zu passen.

Surgere debuisset ut per ianuam transiret.

Der Vater hätte ein solches Manöver jedoch nicht zugelassen.

Sed pater talem machinationem non permisisset.

Tatsächlich fauchte er ihn noch heftiger an als zuvor.

Re vera, etiam vehementius quam antea eum sibilabat.

Es klang nach mehr als nur einem Mann, der ihn anzischt.

Sonabat quasi plus quam unus vir ad eum sibilaret.

Seine Forderungen schienen nun an Dringlichkeit gewonnen zu haben.

Postulata eius nova urgentia post se habere videbantur.

Für Spielereien war jetzt wirklich keine Zeit mehr.

Nullum vere iam tempus erat ludendo. (or) Nunc vere non erat tempus ludendo.

Was auch immer geschah, Gregor musste durch die Tür
gelangen.
Quicquid accideret, Gregorius per ianuam transire debuit.
Er kämpfte sich ohne jegliche Rücksicht auf sich selbst
durch.
Se per processum impulit sine ulla sui consideratione.
Durch die Bewegung wurde eine Seite seines Körpers nach
oben gedrückt.
Una pars corporis eius motu sursum coacta est.
Und er lag unbeholfen und schief zwischen den Türrahmen.
Et ineptus et oblique inter ianuam iacebat.
Eine seiner Flanken war am Holz wundgescheuert.
Unus laterum eius crudus contra lignum attritus erat.
Und er hatte hässliche Flecken auf der weiß gestrichenen
Tür hinterlassen.
Et maculas foedas in ianua albo picta reliquerat.
Auf einer Seite seines Körpers hingen die Beine zitternd in
der Luft.
Crura unius lateris eius trementes in aere pendebant.
Seine anderen Beine drückten schmerzhaft gegen den
Boden.
Ceterae eius crura dolente in solum pressae sunt.
Bald würde er vollständig zwischen den Türen eingeklemmt
sein.
Mox inter ianuas omnino haerere futurus erat.
Und dann hätte er sich überhaupt nicht mehr bewegen
können.
Et tum omnino moveri non potuisset.
Doch der Vater gab ihm einen wahrhaft befreienden,
starken Anstoß.
Sed pater ei impulsum vere liberantem validum dedit.
Und er stürzte, stark blutend, tief in sein Zimmer hinein.
Et ille, graviter sanguinans, longe in cubiculum suum cecidit.
Der Vater knallte die Tür hinter sich mit seinem Stock zu.
Pater ianuam post se baculo clausit.
Und dann kehrte endlich wieder Ruhe ein.
Et tum tandem aliqua pax et quies iterum fuit.

<h1 style="text-align:center">Teil Zwei</h1>
Pars Secunda

Gregor wachte erst viel später am Tag auf.

Gregor non expergefactus est nisi multo serius diei.

Die Dämmerung war hereingebrochen; er hatte tief und fest geschlafen.

Crepusculum advenerat; ille gravis et inscius dormierat.

Er wäre auch ohne Störung aufgewacht.

Expergefactus esset etiam sine perturbatione.

Denn er fühlte sich ausreichend ausgeruht und gut geschlafen.

Quia satis quietum et bene dormivisse se sensit.

Aber er glaubte, draußen flüchtige Schritte zu hören.

Sed ei visus est se gradus fugaces foris audire.

Und vielleicht hat jemand die Haustür sorgfältig geschlossen.

Et aliquis fortasse ianuam anteriorem diligenter clausit.

Das Licht der elektrischen Straßenbahn lag blass an der Decke.

Lux traminis electrici pallide in lacunari iacebat.

Auch die Oberseite der Möbel wurde ein wenig beleuchtet.

Superficies supellectilis etiam paululum luminis accepit.

Doch unten am Boden, auf Gregors Höhe, war es dunkel.

Sed in terra, ad gradum Gregoris, tenebrae erant.

Seine Beine schoben ihn langsam wieder in Richtung Tür.

Crura eius eum lente iterum ad ianuam propulerunt.

Er war sehr neugierig, zu sehen, was dort geschehen war.

Valde curiosus erat videre quid ibi accidisset.

Seine Kontrolle über seine Fühler war jedoch noch nicht entwickelt.

Sed eius imperium sensuum nondum perfectum erat.

Obwohl er diese neuen Sensoren allmählich zu schätzen begann.

Quamquam hos novos sensores appretiare coepit.

Eine lange, unansehnliche Narbe schien seine linke Seite hinunterzulaufen.

Longa cicatrix ingrata per latus eius sinistrum decurrere videbatur.

Die Narbe fühlte sich an, als würde sie diese Seite seines Körpers einengen.

Cicatrix quasi illam corporis partem eius constrinxisset.

Und so musste er buchstäblich auf seinen zwei Beinreihen humpeln.

Itaque duobus ordinibus crurum suis reapse claudicare debuit.

Eines seiner Beine war an diesem Morgen schwer verletzt worden.

Unum e cruribus eius graviter vulneratum erat mane illo.

Es war wirklich ein Wunder, dass er sich nicht noch mehr Beine gebrochen hatte.

Vere miraculum erat quod plura crura non fregisset.

Und so schleppte er sein verletztes Bein leblos hinter sich her.

Itaque crus laesum exanime post se traxit.

Als er die Tür erreichte, erkannte er etwas Tiefgreifendes.

Cum ad ianuam pervenisset, aliquid grave animadvertit.

Es war der Geruch von etwas, der ihn dorthin gelockt hatte.

Odor erat alicuius rei quae eum eo allexerat.

In Gregors Zimmer war etwas Essbares für ihn hinterlassen worden.

Aliquid edibile Gregori in cubiculo eius relictum erat.

Stückchen Weißbrot schwimmen in einer Schüssel mit süßer Milch.

Frustula panis albi in phiala lactis dulcis fluctuantia.

Er konnte seine innere Freude kaum verbergen.

Vix gaudium quod intus erat continere poterat.

Er war jetzt noch hungriger als am Morgen.

Nunc etiam magis esuriebat quam mane.

Er tauchte sofort seinen Kopf in die Schüssel mit Milch.

Statim caput in phialam lactis demisit.

Die Milch quoll ihm fast über den ganzen Kopf, bis zu den Augen.

Lac fere per totum caput eius, usque ad oculos, emersit.

Doch schon bald riss er den Kopf zurück, bitter enttäuscht.

Sed mox caput retrorsum retraxit, acerbe maestus.

Das Essen war aufgrund seiner empfindlichen linken Seite schwierig.

Edere difficile erat propter latus sinistrum eius delicatum.

Und er konnte nur essen, indem er mit dem ganzen Körper keuchte.

Et non nisi toto corpore anhelans edere poterat.

Das war jedoch nicht der wahre Grund für seine Enttäuschung.

Sed ea non erat vera causa frustrationis eius.

Milch war schon immer eines seiner Lieblingsgerichte gewesen.

Lac semper unum ex ferculis eius dilectissimis fuerat.

Er hatte keinen Zweifel daran, dass seine Schwester sich daran erinnerte.

Non dubitabat quin soror sua hoc meminisset.

Und das war der Grund, warum sie ihm Milch gegeben hatte.

Et ea erat causa cur ei lac dedisset.

Er konnte nicht erklären, warum er Milch jetzt nicht mehr mochte.

Explicare non potuit cur nunc lac aversarit.

Und er wandte sich fast widerwillig von der Schüssel ab.

Et a cratera paene invitus se avertit.

Enttäuscht kroch er zurück in die Mitte des Raumes.

Frustratus, in medium cubiculi reptavit.

Hier konnte er durch den Türspalt hindurchsehen.

Hic per rimam ianuae videre potuit.

Er konnte sehen, dass im Wohnzimmer das Feuer brannte.

Videre poterat ignem in atrio accensum esse.

Gewöhnlich las der Vater um diese Zeit die Zeitung.

Solet hoc tempore pater acta diurna legere.

Er las seiner Mutter immer mit erhobener Stimme vor.

Semper matri voce elata legere solebat.

Manchmal lauschte auch die Schwester dem Vater.

Interdum soror etiam patri auscultabat.

Sie hatte Gregor immer von diesem Vorlesen erzählt.

De hac lectione clara voce semper Gregori narraverat.

Doch heute war aus dem Zimmer kein Laut zu hören.

Sed hodie nullus sonus ex cubiculo audiebatur.

Vielleicht war diese Gewohnheit bereits in Vergessenheit geraten.

Fortasse haec consuetudo iam ex usu abiit.

Eine tiefe Stille hatte sich über die gesamte Wohnung gelegt.

Altum silentium per totum apartmentum consederat.

Obwohl er wusste, dass die Wohnung ganz sicher nicht leer war.

Quamquam sciebat apartmentum certe non vacuum esse.

„Was für ein ruhiges Leben die Familie doch führte", dachte Gregor.

"Quam quietam vitam familia agit," cogitavit Gregor.

Und er blickte mit großem Stolz in die Dunkelheit.

Et in tenebras magna cum superbia fixis oculis aspexit.

Er war stolz auf das Leben, das er ihnen hatte ermöglichen können.

Vita quam eis dare potuerat superbus erat.

Er war stolz auf die schöne Wohnung, in der sie lebten.

Pulchro apartamento in quo habitabant superbus erat.

Doch sollte dieser Frieden nun ein schreckliches Ende nehmen?

Sed num haec omnis pax ad finem terribilem ventura erat?

Würde man ihnen ihren Wohlstand nehmen?

Num eis prosperitas adimenda erat?

War ihre Zufriedenheit nun in Zukunft ungewiss?

Num incerta erat eorum contentio nunc in futuro?

Doch er wollte sich nicht in solchen Gedanken verlieren.

Sed nolebat se in talibus cogitationibus perdere.

Um sich die Zeit zu vertreiben, kroch er die Wände rauf und runter.

Ut se occupatum haberet, per muros sursum ac deorsum reptabat.

Im Laufe des langen Abends wurde eine Tür einen Spalt breit geöffnet.

Longa vespera una ianua leviter aperta est.

Und zu einem anderen Zeitpunkt öffnete sich die andere Tür einen Spaltbreit.

Et alio tempore altera ianua paulum aperta est.

Doch beide Male wurden die Türen schnell wieder geschlossen.

Sed utroque tempore fores iterum celeriter clausae sunt.

Offenbar hatte jemand draußen den Wunsch, hereinzukommen.

Manifesto aliquem foris desiderium intrandi habuit.

Aber sie hatten auch zu viele Bedenken, hereinzukommen.

Sed etiam nimias curas de adventu habebant.

Gregor blieb nun direkt vor der Wohnzimmertür stehen.

Gregorius nunc ad ianuam conclavis constitit.

Er war fest entschlossen, den zögernden Besucher irgendwie zu verführen.

Decreverat aliquo modo dubitantem advenae allicere.

Und er wollte auch wissen, wer der Besucher gewesen war.

Et etiam scire voluit quisnam hospes fuisset.

Doch an diesem Abend wurde die Tür kein drittes Mal geöffnet.

Sed illa vespera ianua tertio non aperta est.

Und Gregor verbrachte seine Zeit vergeblich damit, an der Tür zu warten.

Et Gregor frustra tempus ad ianuam exspectans consumpsit.

Früher am Tag wollten sie alle in den Raum kommen.

Prius illo die omnes in cubiculum intrare volebant.

Jetzt, da die Türen unverschlossen waren, würde es ihnen leichter fallen.

Nunc fores apertae essent, facilius illis esset.

Aber sie entschieden sich dafür, auf der anderen Seite des Raumes zu bleiben.

Sed in altera parte cubiculi manere maluerunt.

Gregor bemerkte, dass die Schlüssel nicht mehr in ihren Schlössern steckten.

Gregor animadvertit claves iam non in seris suis esse.

Jemand muss die Schlüssel zum Außenschloss umgesteckt haben.

Aliquis claves ad seram exteriorem movisse debet.

Erst spät in der Nacht wurde das Licht im Wohnzimmer ausgeschaltet.

Tantum sero nocte lumen cubiculi exstinctum est.

Die Familie muss die ganze Zeit wach geblieben sein.

Familia per totum tempus vigilavisse debet.

Und Gregor konnte deutlich hören, wie sie sich auf Zehenspitzen davonschlichen.

Et Gregor eos digitis abeuntes clare audire poterat.

Nun würde bis zum Morgen niemand zu Gregor kommen.

Nemo iam ad Gregorium usque ad mane venturus erat.

So hatte er lange Zeit für sich, um ungestört nachzudenken.

Ita diu sibi tempus habuit, ut imperturbatus cogitaret.

Wie könnte man sein Leben jetzt am besten neu ordnen?

Quaenam esset optima via ad vitam eius nunc reformandam?

Doch die hohen Wände des leeren Zimmers ängstigten ihn.

Sed alti muri cubiculi vacuae eum terruerunt.

Ihm blieb keine andere Wahl, als sich flach auf den Boden zu legen.

Nulla ei alia optio erat nisi se pronus in terra iacere.

Und er fand in diesem Raum niemals die Ursache seiner Angst.

Et numquam causam timoris sui in illo loco invenit.

Es war dasselbe Zimmer, in dem er seit fünf Jahren lebte.

Eadem erat camera in qua quinque annos vixerat.

Halb bewusst machte er eine Bewegung in Richtung Sofa.

Semi-conscious motus ad sofam fecit.

Und ohne jede Scham versteckte er sich unter dem Sofa.

Et sine ullo pudore se sub sofa abscondit.

Dort unten fühlte er sich sofort wieder sehr wohl.

Ibi statim iterum se valde commodum sensit.

Obwohl sein Rücken etwas gequetscht war.

Quamquam dorsum eius paulum pressum erat.

Auch unter dem Sofa konnte er seinen Kopf nicht mehr heben.

Neque sub sofam amplius caput tollere poterat.

Aber selbst das zog er einem Aufenthalt im Freien vor.

Sed etiam hoc malebat quam in quolibet loco aperto esse.

Er bedauerte jedoch, dass sein Körper so breit war.

Paenituit tamen eum corpus suum tam latum esse.

Das Sofa konnte seinen ganzen Körper nicht vollständig bedecken.

Sofa non totum corpus eius omnino tegere poterat.

Er blieb die ganze Nacht unter dem Sofa.

Totam noctem sub lecto mansit.

Die Nacht verbrachte er halb schlafend, geplagt von seinem Hunger.

Noctem semisomnus egit, fame perturbatus.

Und die Zeit, die er wach war, verbrachte er entweder in Sorgen oder in Hoffnung.

Tempus autem vigiliae aut anxietate aut spe egit.

Doch all seine vagen Hoffnungen führten zu demselben Schluss.

Sed omnes eius vagae spes ad eandem conclusionem perduxerunt.

Ihm blieb nichts anderes übrig, als vorerst zu schweigen.

Nulla ei alia optio erat nisi tacere in praesens.

Er musste der Familie gegenüber Geduld und Rücksichtnahme zeigen.

Patientiam et considerationem erga familiam demonstrare debuit.

Es war die einzige Möglichkeit, die Unannehmlichkeiten erträglich zu machen.

Sola via erat incommodum tolerabile reddendi.

Die Unannehmlichkeiten, die er nun der Familie auferlegte.

Incommodum quod nunc familiae imponebat.

Er musste nicht lange warten, um sein Mitgefühl unter Beweis zu stellen.

Non diu exspectare debuit ut misericordiam suam demonstraret.

Früh am Morgen schaute die Schwester in sein Zimmer.

Mane primo soror cubiculum eius inspexit.

Obwohl es eigentlich genauso viel Nacht wie Morgen war.
Quamquam re vera tam nox erat quam mane.
Sie war vollständig angezogen und schien aufgeregt zu sein.
Omnino vestita erat, et laetitiam ostendere visa est.
Die Tragfähigkeit seiner neu getroffenen Entscheidung könnte sich bewähren.
Vis novae consilii eius probari poterat.
Sie entdeckte ihn nicht sofort auf Anhieb.
Non statim eum primo aspectu invenit.
Er musste irgendwo sein; weggeflogen konnte er nicht sein.
Alicubi esse debuit; avolare non potuisset.
Doch dann schweifte ihr Blick ein zweites Mal durch den Raum.
Sed tum oculi eius secundo per cubiculum perlustraverunt.
Und dieses Mal entdeckte sie seinen Oberkörper unter dem Sofa.
Et hoc tempore truncum eius sub sofa conspexit.
Sie war so verängstigt, dass sie jegliche Selbstbeherrschung verlor.
Tantopere perterrita erat ut omnem sui imperium amitteret.
Und ihre erste Reaktion war, die Tür wieder zuzuschlagen.
Et prima eius reactio fuit ianuam iterum claudere.
Doch sie schien ihr Verhalten auch sofort zu bereuen.
Sed etiam statim sui mores paenituisse visa est.
Kaum hatte sie die Tür zugeschlagen, öffnete sie sie auch schon wieder.
Simul ac ianuam claudit, eam iterum aperuit.
Und diesmal schlich sie sich leise auf Zehenspitzen in den Raum.
Et hac vice leniter digitis pedum in cubiculum ingressa est.
Sie bewegte sich, als ob sie eine schwerkranke Person besuchen würde.
Quasi graviter aegrotum visitaret, se movebat.
Oder sie könnte einen völlig Fremden besucht haben.
Aut fortasse ignotum prorsus visitabat.
Gregor drückte seinen Kopf fast bis an den Rand des Sofas.
Gregor caput paene ad marginem sofae impulit.

Und von unterhalb des Tresors beobachtete er sie im Zimmer.

Et sub arca eam in cubiculo observabat.

Würde sie bemerken, dass er die Milch stehen gelassen hatte?

Num animadversura est eum lac reliquisse?

Er hatte die Milch nicht etwa aus Mangel an Hunger stehen gelassen.

Lac propter ullam famis inopiam non reliquit.

Wollte sie ihm stattdessen anderes Essen bringen?

Num cibum potius ei alium allatura erat?

Vielleicht ein Gericht, das seinen Vorlieben besser entsprach.

Fortasse ferculum quod eius praeferentiis melius conveniret.

Aber sie hätte seinen Appetit selbst bemerken müssen.

Sed ipsa eius appetitum animadvertere debuisset.

Er wäre lieber verhungert, als sie davon erfahren zu lassen.

Maluit fame perire quam eam de hoc certiorem facere.

Eigentlich hätte er es ihr sehr gerne gesagt.

Re vera ei dicere vehementer libuisset.

Er war wirklich versucht, unter dem Sofa hervorzuschießen.

Vere incitabatur ut sub sofa se proiceret.

Er wollte sich seiner Schwester zu Füßen werfen.

Ad pedes sororis se proicere voluit.

Und er wollte sie um etwas Leckeres zu essen bitten.

Et voluit petere ab ea aliquid boni ad edendum.

Doch dann blickte die Schwester zu der Schüssel mit Milch.

Sed tum soror ad patellam lactis respexit.

Sie bemerkte sofort, dass die Schüssel noch voll war.

Statim animadvertit crateram adhuc plenam esse.

Sie war ziemlich überrascht, dass Gregor nichts gegessen hatte.

Satis mirata est quod Gregorius nihil comedisset.

Nur ein wenig Milch war auf den Boden verschüttet worden.

Paululum tantum lactis in pavimentum effusum erat.

Sie nahm sofort die Schüssel und trug sie hinaus.

Statim crateram sustulit et foras portavit.

Er sah, dass sie die Schüssel nicht mit bloßen Händen aufgehoben hatte.

Vidit eam crateram non nudis manibus sustulisse.

Stattdessen hob sie die Schüssel mit einem der Lappen hoch.

Potius crateram uno e pannis sustulit.

Gregor vergaß dieses kleine Detail jedoch sehr schnell.

Sed Gregor huius minoris detalii celerrime oblitus est.

Er war nun von etwas ganz anderem viel begeisterter.

Nunc de alia re multo magis excitabatur.

Was könnte sie als Ersatz für die Milch mitbringen?

Quid pro lacte afferre posset?

Er hatte verschiedene Vermutungen darüber, was sie wohl mitbringen könnte.

Varias cogitationes habebat de iis quae illa afferre posset.

Doch die Güte seiner Schwester übertraf seine Erwartungen.

Sed benignitas sororis eius exspectationem eius superavit.

Ihr wurde klar, dass sie herausfinden musste, was seine neuen Vorlieben waren.

Intellexit se experiri debere quae novi eius gustus essent.

Deshalb brachte sie eine ganze Auswahl an verschiedenen Speisen mit.

Ita integram variorum ciborum selectionem attulit.

Halbverfaultes Gemüse, Knochen vom Abendessen.

Holera semi-putrida, ossa ex cena.

Die eingedickte Soße von der anderen Mahlzeit, die sie gegessen hatten.

Condimentum solidatum ex altera cena quam consumpserant.

Ein paar Rosinen, einige Mandeln, trockenes Brot, Butterbrot.

Paucae uvae passae, amygdalae quaedam, panis siccus, panis butyri.

Etwas Brot, das mit Butter bestrichen und gesalzen war.

Panis quidam butyro unctus et etiam salsus.

Käse, den Gregor vor zwei Tagen noch für ungenießbar erklärt hatte.

Caseus quem Gregor ante biduum inedibilem declaraverat.

Die gesamte Auswahl an Speisen wurde auf einer Zeitung ausgelegt.

Omnis haec ciborum selectio in diurno posita est.

Und sie stellte auch eine Schüssel mit Wasser neben seine Mahlzeiten.

Et etiam pateram aquae iuxta cibum eius posuit.

Sie wusste, dass Gregor nicht vor ihr gegessen hätte.

Sciebat Gregorium coram se non comesurum esse.

Aus Respekt vor ihm verließ sie deshalb wieder den Raum.

Itaque ex reverentia erga eum iterum cubiculum egressa est.

Und sie hat beim Weggehen sogar den Schlüssel im Schloss umgedreht.

Et clavem etiam in sera vertit cum exiret.

Aber sie drehte den Schlüssel ganz leise und vorsichtig um.

Sed clavem valde quiete et caute vertit.

Auf diese Weise würde nur Gregor wissen, dass die Tür verschlossen war.

Hoc modo solus Gregor sciret ianuam clausam esse.

Nun konnte er es sich so bequem machen, wie er wollte.

Nunc se tam commode quam vellet gerere poterat.

Gregors Beine surrten, als es Zeit zum Essen war.

Cum tempus edendi advenit, crura Gregorii stridebant.

Bemerkenswert ist, dass er keinerlei Beschwerden mehr verspürte.

Notandum est eum amplius nullam molestiam sensisse.

Seine Wunden müssen bereits vollständig verheilt sein.

Vulnera eius iam omnino sanata esse debent.

Weil er seine früheren Behinderungen nicht mehr spürte.

Quia priores debilitates non iam sentiebat.

Seine neue Fähigkeit zu heilen überraschte und verblüffte ihn.

Nova eius facultas sanandi eum et miratus est et obstupuit.

Vor mehr als einem Monat schnitt er sich mit einem Messer in den Finger.

Plus quam mensem abhinc digitum cultro vulneravit.

Bis vor zwei Tagen schmerzte ihn diese Wunde noch.

Usque ad biduum abhinc vulnus illud eum adhuc dolebat.

„Bin ich jetzt viel weniger empfindlich?", dachte er bei sich.
"Num multo minus sensibilis nunc sum?" secum cogitavit.
Inzwischen lutschte er gierig an dem Käse.
Iam caseum avide sugerebat.
Er fühlte sich vom Käse mehr angezogen als von den anderen Speisen.
Ad caseum magis quam ad ceteros cibos trahebatur.
Er aß schnell ein Stück Käse nach dem anderen.
Casei frustum unum post alterum celeriter comedit.
Beim Genuss des Geschmacks traten ihm vor Zufriedenheit die Tränen in die Augen.
Oculi eius lacrimatione repleti sunt gustu eius.
Nach dem Käse aß er das Gemüse und die Soße.
Post caseum, olera et liquamen comedit.
Das frische Essen schmeckte ihm jedoch nicht.
Cibus autem recens ei non bonus erat.
Tatsächlich konnte er nicht einmal den Geruch von frischen Lebensmitteln ertragen.
Re vera ne odorem quidem cibi recentis tolerare poterat.
Er hat sogar die anderen Lebensmittel von den frischen Lebensmitteln weggezerrt.
Etiam alterum cibum a cibo recenti abstraxit.
Und im Nu hatte er auch noch das Essbare aufgegessen.
Et celerrime cibum edibilem maxime consumpsit.
Das ganze leckere Essen hatte eine schläfrig machende Wirkung auf ihn.
Omnis cibi deliciosi effectum soporificum in eum habebant.
Und er lag träge an der Stelle, wo er gegessen hatte.
Et in loco ubi comederat pigre iacebat.
Schließlich kam seine Schwester zurück, um noch einmal nach ihm zu sehen.
Tandem soror eius rediit ut eum iterum inspiceret.
Sie hatte die Weitsicht, den Schlüssel ganz langsam umzudrehen.
Prudentiam habuit clavem lentissime vertere.
Dies war für Gregor ein Warnsignal, sich zurückzuziehen.
Hoc Gregorio monuit ut se recederet.

Benommen und erschrocken huschte er zurück unter das Sofa.

Attonitus et perterritus, sub sofam festinavit se contulit.

Doch diesmal war es nicht so einfach, unter dem Sofa zu bleiben.

Sed sub sofa manere hoc tempore non tam facile erat.

Sein Körper war durch das viele Essen etwas runder geworden.

Corpus eius ab omni cibo paulum rotundum factum erat.

Und er musste sich beherrschen, nicht wieder auszulaufen.

Et se continere debuit ne iterum excurreret.

Auch wenn die Schwester nicht lange im Zimmer blieb.

Etsi soror non diu in cubiculo mansit.

In dem engen Raum rang er nach Luft.

Aegre respirare sub illo angusto spatio faciebat.

Doch er überwand die kurzen Anfälle von Atemnot.

Sed per parvos suffocationis impetus perrexit.

Mit aufgerissenen Augen beobachtete er die Aktivitäten der Schwester.

Oculis prominentibus actiones sororis observabat.

Die ahnungslose Schwester schüttete alles in einen Eimer.

Soror inscia omnia in situlam effudit.

Sie entsorgte nicht nur das Essen, das Gregor nicht gegessen hatte.

Non solum cibum quem Gregor non comederat abiecit.

Aber sie entsorgte auch das Essen, das er nicht angerührt hatte.

Sed etiam abiecit si cibum quem ille non tetigerat.

Offenbar war dieses Essen nun für niemanden mehr genießbar.

Videtur ille cibus iam nemini edus esse.

Anschließend verschloss sie den Futtereimer mit einem Holzdeckel.

Deinde situlam cibi operculo ligneo clausit.

Und mit dem Essen, dem Eimer und dem Wischmopp ging sie.

Et cum cibo, situla, et peniculo, abiit.

Gregor hätte nicht mehr lange warten können.
Gregorius multo diutius exspectare non potuisset.
Sobald sie weg war, entkam er unter dem Sofa hervor.
Simul ac illa abiisset, ille sub sofa effugit.
Und er streckte sich aus und atmete erleichtert auf.
Et se extendit et prae solatio anhelavit.
So erhielt Gregor von nun an regelmäßig seine Nahrung.
Sic Gregor cibum interim accipiebat.
Seine Schwester gab ihm einmal früh am Morgen etwas zu essen.
Soror eius ei cibum semel mane primo dedit.
Zu dieser Stunde schliefen die Eltern und das Dienstmädchen noch.
Hac hora parentes et ancilla adhuc dormiebant.
Und er erhielt eine zweite Mahlzeit, nachdem alle anderen bereits zu Mittag gegessen hatten.
Et secundum cibum postquam omnes prandebant accepit.
Denn zu dieser Zeit schliefen die Eltern auch eine Weile.
Quia eo tempore parentes quoque paulisper dormiebant.
Und das Dienstmädchen wurde von der Schwester mit einer Besorgung weggeschickt.
Et ancilla a sorore in aliquod negotium dimissa est.
Sie hatten ganz sicher nicht die Absicht, Gregor verhungern zu lassen.
Certe nullam habebant intentionem Gregorium fame necare.
Aber sie hätten ihm auch nicht beim Essen zusehen wollen.
Sed nec eum edentem spectare voluissent.
Die Angaben der Schwester reichten als Information aus.
Quod soror dixit, satis erat informationis.
Vielleicht war es ihre Art, den Eltern den Kummer zu ersparen.
Forsitan erat eius modus parentibus dolorem parcendi.
Sie hatten unter seinen Taten schon genug gelitten.
Satis iam ab eius factis passi erant.

Der erste Tag verblasste langsam zu einer fernen Erinnerung.

Primus dies paulatim in memoriam longinquam fiebat.

**Gregor hatte keine Möglichkeit zu erfahren, was an diesem
Tag geschah.**

Gregor nullo modo scire poterat quid eo die acciderit.

**Wie wurde der Schlüsseldienstmitarbeiter aus der Wohnung
geleitet?**

Quomodo faber serrarius ex apartamento deductus est?

Mit welchen Ausreden war der Arzt schließlich zufrieden?

Quibus excusationibus medicus tandem contentus est?

Er hatte keinen Weg gefunden, sich verständlich zu machen.

Nullam viam invenerat se intellegendum praebendi.

**Es gelang ihm nicht einmal, mit seiner Schwester zu
kommunizieren.**

Ne cum sorore quidem communicare potuit.

Und so dachten sie, er könne sie nicht verstehen.

Itaque putaverunt eum eos intellegere non posse.

**Und deshalb wurde auch kein Versuch unternommen, mit
ihm zu sprechen.**

Et propterea nullus conatus factus est ut cum eo loqueretur.

**Seine Schwester kam jeden Morgen und jeden Mittag in
sein Zimmer.**

Soror eius in cubiculum eius omni mane et prandium
veniebat.

Doch er musste sich damit begnügen, ihre Seufzer zu hören.

Sed suspiriis eius audiendis contentus esse debuit.

**Später gewöhnte sie sich dann doch etwas mehr an Gregors
Gestalt.**

Postea paulo magis ad formam Gregoris assuefacta est.

**Und sie fühlte sich etwas freier, weitere Bemerkungen zu
machen.**

Et paulo plus libertatis sensit ut plura observationes faceret.

(Obwohl sie sich nie ganz an ihn gewöhnen würde.)

(Quamquam numquam ad eum plene assuesceret.)

**Und dann fühlte sich Gregor wieder etwas mehr
angesprochen.**

Deinde Gregor iterum paulo plus allocutus se sensit.

Und er nahm wahr, was er als freundliche Kommentare empfand.

Et quae ipse tamquam amica dicta percepit, accepit.

„Ihm hat das Essen heute geschmeckt" oder „Er hat alles aufgegessen".

"Cibus hodie fruitus est," vel "omnia comedit."

Das war aber erst der Fall, nachdem er sein gesamtes Essen aufgegessen hatte.

Sed hoc solum factum est postquam omnem cibum consumpserat.

Doch in letzter Zeit kam dies immer seltener vor.

Sed nuper hoc magis ac magis rarum fiebat.

„Er hat sein Essen kaum angerührt", sagte sie jetzt immer öfter.

"Vix cibum tetigit," nunc saepius dicebat.

Und jedes Mal schwang ein Hauch von Traurigkeit in ihrer Stimme mit.

Et tactus tristitiae in voce eius singulis vicibus inerat.

Gregor konnte keine anderen Nachrichten direkter empfangen.

Gregor nullas alias nuntios directius audire poterat.

Aber er hörte viele Neuigkeiten aus den angrenzenden Zimmern mit.

Sed multa nova ex cubiculis finitimis audivit.

Als er Stimmen hörte, rannte er zur entsprechenden Tür.

Vocibus auditis, ad ianuam correspondentem cucurrit.

Und er presste seinen ganzen Körper gegen die Tür, um zu hören.

Et totum corpus suum ad ianuam pressit ut audiret.

Alle Gespräche drehten sich in irgendeiner Weise um ihn.

Omnes sermones eum quodam modo perturbabant.

Selbst wenn es scheinbar um etwas ganz anderes ging.

Etiam cum res de alia re versari videretur.

Diese Beobachtung traf insbesondere in der Anfangszeit zu.

Haec observatio praecipue vera erat primis diebus.

Bei jeder Mahlzeit wiederholten sie die gleiche Diskussion.

In omni cena eandem disputationem iterabant.

Sie waren sich noch immer unsicher, wie sie sich ihm gegenüber verhalten sollten.

Adhuc incerti erant quomodo circa eum se gererent.

Das gleiche Thema wurde aber auch zwischen den Mahlzeiten besprochen.

Sed eadem res inter cibos etiam disputata est.

Weil immer zwei Familienmitglieder zu Hause waren.

Quia semper duo familiae sodales domi erant.

Niemand wollte allein im Haus bleiben.

Nemo solus in domo manere voluit.

Aber die Wohnung leer stehen zu lassen, kam auch nicht in Frage.

Sed apartamento vacuo relinquere quoque non in quaestione erat.

Das Dienstmädchen war die Einzige, die nicht an die Wohnung gebunden war.

Ancilla sola erat quae apartamento non alligata erat.

Sie hatte bereits am ersten Tag darum gebeten, gehen zu dürfen.

Iam primo die discessum petierat.

Sie kniete nieder und flehte darum, entlassen zu werden.

Genibus flexis, dimitteretur rogavit.

Die Familie wusste nicht, wie viel das Dienstmädchen tatsächlich wusste.

Familia nesciebat quantum ancilla re vera sciret.

Zu diesem Zeitpunkt hatte sie nicht mehr gesehen als alle anderen.

Eo tempore non plus quam quisquam alius viderat.

Was geschehen war, blieb der Familie weiterhin ein Rätsel.

Quod accidisset adhuc familiae mysterium erat.

Doch eine Viertelstunde später verabschiedete sie sich.

Sed post quadrantem horae valedixit.

Und sie dankte der Familie mit Tränen in den Augen.

Et familiae lacrimis in oculis gratias egit.

Aber eigentlich dankte sie ihnen dafür, dass sie sie freigelassen hatten.

Sed re vera eis gratias egit quod eam dimisissent.

Sie schienen ihr größte Freundlichkeit entgegengebracht zu
haben.
Summam ei benignitatem ostendisse videbantur.
Sie leistete sogar einen Eid, ohne dazu aufgefordert worden
zu sein.
Etiam iusiurandum concessit, nec rogata.
Sie sagte, sie würde niemandem erzählen, was passiert war.
Dixit se nemini narraturam quae accidissent.
Nun musste die Schwester zusammen mit ihrer Mutter
kochen.
Nunc soror cum matre coquere debebat.
Das war aber keine allzu große Unannehmlichkeit.
Sed hoc non erat vere magnum incommodum.
Weil die beiden sowieso fast nichts aßen.
Quia ambo paene nihil comederunt.
Immer und immer wieder hörte Gregor dasselbe Gespräch
mit.
Iterum atque iterum Gregor eandem disputationem exaudivit.
Einer der beiden sagte dem anderen, er müsse mehr essen.
Unus alteri dicebat plus edere debere.
Diese Person erhielt jedoch keine Antwort von der
betreffenden Person.
Sed ille nullam responsionem ab illo homine accepit.
„Danke, ich habe genug", oder etwas Ähnliches.
"Gratias tibi ago, satis habeo", vel simile quid.
Vielleicht tranken sie auch gar nichts mehr.
Fortasse nec illi amplius quicquam biberunt.
Die Schwester fragte ihren Vater oft, ob er Bier wolle.
Soror saepe patrem suum rogabat num cerevisiam vellet.
Und sie bot freundlicherweise an, das Bier selbst zu holen.
Et libenter se obtulit ut ipsa cerevisiam adferret.
Der Vater schwieg auf ihre Bitte hin stets.
Pater semper tacuit ad eius rogationem.
Die Schwester musste also einen Weg finden, jeden Zweifel
auszuräumen.
Itaque soror viam invenire debuit ad omnem dubitationem
tollendam.

Und sie sagte, sie würde das Dienstmädchen losschicken, um Bier zu holen.

Et dixit se ancillam missuram esse ut cerevisiam peteret.

Doch dann sagte der Vater schließlich ein lautes, deutliches „Nein".

Sed tum pater tandem magno et resonante "non" dixit.

Das Thema, dass er ein Bier trank, wurde danach nicht mehr erwähnt.

Tum res de eo cerevisiam bibente iam non commemorata est.

Er hatte die finanzielle Situation bereits zuvor erläutert.

Rem pecuniariam iam antea explicaverat.

Tatsächlich sprach er schon am ersten Tag über Finanzen.

Re vera, de rebus pecuniariis ipso primo die mentionem fecit.

Er machte ihnen die Aussichten deutlich.

Eos de spebus bene certiores fecit.

Sein eigenes Unternehmen war vor etwa fünf Jahren zusammengebrochen.

Negotium suum ipsum abhinc annos circiter quinque corruerat.

Hin und wieder stand er auf, um den Tisch zu verlassen.

Interdum surgebat ut a mensa discederet.

Und er ging zur Kasse seines alten Geschäfts.

Et ad arcam pecuniariam veteris negotii sui ivit.

Aus Sentimentalität hatte er die Kasse aufgehoben.

Arcam pecuniariam ob sentimentalitatem servaverat.

Gregor hörte, wie er ein schweres und kompliziertes Schloss öffnete.

Gregor eum gravem et complicatam seram reserantem audivit.

Und er holte Quittungen und Bücher aus der Kasse.

Et acceptilationes et libros e cista pecuniaria protulit.

Nachdem er die Gegenstände an sich genommen hatte, schloss er die Geldkassette wieder ab.

Postquam res cepit, arcam pecuniariam iterum clausit.

Gregor hatte seit seiner Gefangennahme keine guten Nachrichten mehr erhalten.

Gregor nullas bonas novas ex quo in vincula coniectus erat audiverat.

Er glaubte, das Geschäft habe seinen Vater in den Ruin getrieben.

Putavit negotium patrem suum inopiam adduxisse.

Dieser Eindruck war Gregor vom Vater sicherlich vermittelt worden.

Pater certe Gregori hanc impressionem dederat.

Und Gregor fragte ihn nie wieder nach den Finanzen.

Et Gregor numquam eum amplius de pecuniis rogavit.

Gregor wollte alles tun, was er konnte, um der Familie zu helfen.

Gregor omnia quae posset facere voluit ut familiae auxilium ferret.

Er wollte ihnen helfen, das geschäftliche Unglück zu vergessen.

Voluit eos adiuvare ut infortunium negotiale obliviscerentur.

Der Bankrott, der zur völligen Hoffnungslosigkeit führte.

Bankruptcies quae desperationem omnimodam attulit.

So begann er mit einer ganz besonderen Leidenschaft zu arbeiten.

ita cum singulari quadam passione laborare coepit.

Er war quasi über Nacht zum Handelsreisenden geworden.

Paene subito viator mercator factus erat.

Davor hatte er lediglich als schlecht bezahlter Angestellter gearbeitet.

Ante illud tempus, tantum ut scriba tenui stipendiato laboraverat.

Nun boten sich ihm völlig andere Verdienstmöglichkeiten.

Nunc omnino alias occasiones quaestus habebat.

Erfolgreiche Verkäufe konnten sofort in Bargeld umgewandelt werden.

Venditiones prosperae statim in pecuniam converti poterant.

Das Geld wird natürlich aus seinen Provisionen ausgezahlt.

Pecunia scilicet ex commissionibus eius persolvitur.

Nun konnte Gregor Geld auf den Familientisch bringen.

Iam Gregor pecuniam in mensam familiae ponere potuit.

Und sie waren erstaunt und erfreut über seinen Verdienst.

Et stupebant et laeti erant de lucro eius.

Aber diese schönen Zeiten werden sich nicht wiederholen.

Sed illa pulchra tempora iterum non se repetent.

Sie hatten sich gerade erst an diese schönen Zeiten gewöhnt.

Modo his bonis temporibus adsueverant.

Jeden Zahltag nahm die Familie das Geld dankbar entgegen.

Quotidie stipendii familia pecuniam grate accipiebat.

Und Gregor war ebenso gern bereit, das Geld herauszugeben.

Et Gregor aeque libenter pecuniam tradebat.

Doch die im Gegenzug entgegengebrachte herzliche Zuneigung erlosch allmählich.

Sed calidus affectus vicissim datus sensim evanuit.

Nur seine Schwester stand Gregor noch so nahe wie zuvor.

Sola soror eius Gregori tam propinqua quam antea mansit.

Im Gegensatz zu Gregor hatte sie eine tiefe Wertschätzung für Musik.

Illa, dissimilis Gregori, magnum amorem musicae habebat.

Und sie konnte sehr berührend Geige spielen.

Et sciebat quomodo violinam canere valde commovente.

Gregor plante insgeheim, sie auf eine Musikschule zu schicken.

Gregor clam cogitavit eam ad scholam musicae mittere.

Er hatte noch nicht entschieden, wie er die Kosten decken würde.

Nondum constituerat quomodo sumptus solveret.

Aber irgendwie würde er die Kosten decken.

Sed aliquo modo sumptus tegeret.

Gelegentlich unternahmen Gregor und seine Familie Kurztrips.

Interdum Gregorius cum familia brevia itinera faciebant.

Gregor und seine Schwester sprachen oft über dieses Thema.

Gregor et soror saepe de hac re loquebantur.

Es wurde aber immer nur als eine wunderbare Idee erwähnt.

Sed semper tantum ut idea mirabilis commemorata est.

Sie glaubten nicht wirklich, dass der Traum in Erfüllung gehen könnte.

Non vere crediderunt somnium impleri posse.

Und den Eltern gefielen solche fantasievollen Ambitionen nicht.

Et parentes tales ambitiones fantasticas non probabant.

Selbst wenn das Thema ganz harmlos angesprochen wurde.

Etiam cum res innocenter admodum prolata esset.

Gregor dachte aber weiterhin an die Musikschule.

Gregor autem de schola musica cogitare perrexit.

Und er hatte vor, das Geschenk am Heiligabend anzukündigen.

Et donum in Vigilia Nativitatis Domini nuntiare constituerat.

In seinem jetzigen Zustand wäre das natürlich unmöglich.

Scilicet in statu suo praesenti id impossibile esset.

Doch solche Gedanken gingen ihm durch den Kopf.

Sed eiusmodi cogitationes per caput eius transibant.

Und solche Gedanken kamen ihm, während er der Familie zuhörte.

Et tales cogitationes habebat dum familiam audiebat.

Manchmal war er zu müde, um ihnen weiter zuzuhören.

Interdum nimis fessus fiebat ut eos audire pergeret.

Vor Erschöpfung sank sein Kopf gegen die Tür.

Caput eius prae lassitudine in ianuam cecidit.

Doch er legte sofort wieder seinen Kopf gegen die Tür.

Sed statim caput iterum ad ianuam posuit.

Denn selbst das leiseste Geräusch war draußen zu hören.

Quia etiam minimus strepitus foris audiri poterat.

Und jedes Geräusch, das er machte, brachte die Familie zum Schweigen.

Et quivis sonitus ille familiam silere faciebat.

„Was macht er denn jetzt?", fragte der Vater die Familie.

"Quid nunc agit?" pater familiam rogavit.

Und er ging zur Tür, um nachzusehen, was das Geräusch verursachte.

Et ad ianuam accessit ut exploraret quid strepitus esset.

Und dann wurde das unterbrochene Gespräch allmählich
wieder aufgenommen.
Et deinde interrupta disputatio paulatim resumpta est.
Was der Vater aber sagte, überraschte alle auf positive
Weise.
Sed quae pater dixit omnes positive mirata sunt.
Gregor erfuhr nun den wahren Stand der Finanzen.
Gregorius nunc verum statum pecuniarum cognovit.
Trotz all des Unglücks gab es auch etwas Glück.
Omnibus infortuniis non obstantibus, aliqua fortuna bona fuit.
Ein kleines Vermögen aus alten Zeiten war noch vorhanden.
Parva fortuna ex temporibus antiquis adhuc ibi erat.
Der Vater erklärte die Dinge, musste sich aber wiederholen.
Pater res explicavit, sed se repetere debuit.
Weil er sich eine Weile nicht mehr mit diesen Dingen
befasst hatte.
Quia iamdudum his rebus non tractaverat.
Und weil die Mutter solche Dinge nicht verstand.
Et quia mater talia non intellegebat.
Die Zinssätze der Bank waren etwas gestiegen.
Usurae ab argentaria paulum creverant.
Das unberührte Geld hatte sich stärker erhöht als erwartet.
Pecunia intacta plus quam expectatum creverat.
Darüber hinaus hatte Gregor ihnen immer seine Ersparnisse
gegeben.
Praeterea, Gregor semper eis pecuniam suam servatam
dederat.
Er hatte nur wenige Gulden für sich behalten.
Paucos tantum minis sibi semper servaverat.
Und sein Geld war auch noch nicht vollständig
aufgebraucht.
Neque pecunia eius omnino consumptā erat.
Zusammen hatte sich dieses Geld zu einem kleinen Kapital
angesammelt.
Haec pecunia simul in parvum capitale accumulata est.
Gregor nickte hinter seiner Tür eifrig zu der Nachricht.
Gregor, post ianuam suam, alacriter nuntio annuit.

Er war erfreut über diese unerwartete Vorsicht und Sparsamkeit.

Hac inopinata cautione et frugalitate delectatus est.

Die überschüssigen Mittel hätten zur Tilgung der Schulden verwendet werden können.

Pecunia superflua ad debitum solvendum adhiberi potuit.

Dann hätten sie dem Chef nichts mehr geschuldet.

Tum nihil amplius domino debuissent.

Und Gregor hätte schon viel früher eine neue Stelle annehmen können.

Et Gregor multo citius ad novum munus migrare potuisset.

Aber so, wie der Vater es arrangiert hatte, war es jetzt viel besser.

Sed quomodo pater rem disposuit nunc multo melius erat.

Das Geld reichte nicht ganz zum Leben von den Zinsen.

Pecunia non satis erat ad vivendum ex usuris.

Und ein Teil des Geldes musste für Notfälle zurückgelegt werden.

Et pecunia aliqua in casus extremi seponenda erat.

Das Geld hätte nur für ein oder zwei Jahre gereicht.

Satis pecuniae tantum per annum unum aut duos fuisset.

Das bedeutete, dass jemand Geld verdienen musste, damit sie leben konnten.

Hoc significabat aliquem pecuniam lucrari debere ut viveret.

Der Vater war nicht krank und er war stark genug.

Pater non erat insalubris, et satis fortis erat.

Doch er war seit mehr als fünf Jahren arbeitslos.

Sed plus quam quinque annos opere otiosus fuerat.

Und aufgrund seines Alters hatte er kaum noch Selbstvertrauen.

Et, propter aetatem, parvam ei fiduciam sui supererat.

Er hatte in letzter Zeit auch deutlich an Gewicht zugenommen.

Multum etiam ponderis auxerat temporibus nuper.

Sein Leben war stets mühsam und erfolglos gewesen.

Vita eius semper ardua et infelicis fuerat.

Und dies war der erste Urlaub, den er je verbracht hatte.

Et hae primae feriae quas umquam habuerat fuerant.

Und da er nicht beschäftigt war, war er ziemlich ungeschickt geworden.

Et nisi occupatus esset, satis ineptus factus erat.

Wäre es besser, wenn die alte Mutter das Geld verdienen würde?

Meliusne esset si anus pecuniam mereretur?

Die alte Mutter, die an Asthma litt.

Anus quae asthmate laborabat.

Die alte Mutter, die Mühe hatte, die Treppe hinaufzugehen.

Anus quae scalas ascendere laborabat.

Die alte Mutter, die ihre Zeit damit verbrachte, auf dem Sofa zu liegen.

Anus quae tempus in lecto iacens transigebat.

Die alte Mutter, die es vorzog, am Fenster zu sitzen.

Anus quae ad fenestram manere malebat.

Damit sie bei Bedarf durchatmen konnte.

Ut, cum opus esset, spiritum recuperare posset.

Wäre es besser, wenn die jüngere Schwester das Geld verdienen würde?

Meliusne esset si soror minor pecuniam mereretur?

Die Schwester, die mit siebzehn Jahren noch ein Kind war.

Soror, quae septendecim annos nata, adhuc puella erat.

Die Schwester, die nur wenige, bescheidene Freuden hatte.

Soror quae paucas tantum modestas voluptates habebat.

Die Schwester, die am liebsten Geige spielte.

Soror quae violina canere maxime gaudebat.

Sie wusste, dass ihr bisheriger Lebensstil sehr beneidenswert war;

Sciebat priorem vivendi rationem suam valde invidiosam esse;

Sich schick anziehen, ausschlafen, im Haushalt helfen.

Eleganter vestiri, sero expergisci, in domo auxilium ferre.

Das Gespräch drehte sich oft um die Notwendigkeit, Geld zu verdienen.

Sermo saepe ad necessitatem pecuniae acquirendae vertebatur.

Gregor war immer der Erste, der die Tür losließ.

Gregor semper primus ianuam dimittebat.

Das Gespräch erfüllte ihn mit Scham und Trauer.

Sermo eum pudore et dolore calefecit.

Also warf er sich auf das kühle Ledersofa.

Itaque se in refrigerantem sofam coriaceam coniecit.

Und den Rest der Nacht verbrachte er oft auf dem Sofa.

Et reliquam noctis partem saepe in lecto transegit.

Er hat nie wirklich auf dem Sofa geschlafen, auch nicht nachts.

Numquam vere in lecto dormivit, neque noctu.

Oft kratzte er stundenlang an dem Leder.

Saepe corium per horas continuas scalpebat.

Manchmal schob er den Sessel ans Fenster.

Aliis temporibus cathedram ad fenestram propulit.

Allein dies erforderte von seiner Seite einen erheblichen Aufwand.

Hoc solum magnum laborem ex parte eius postulavit.

Der Sessel half ihm, auf die Fensterbank zu klettern.

Cathedra ei adiuvit ut in limen fenestrae reperet.

Und von dort aus konnte er sich ans Fenster lehnen.

Et inde ad fenestram inniti potuit.

Er empfand dabei stets ein großes Gefühl der Freiheit.

Solebat magnam libertatis sensum hoc faciendo sentire.

Vielleicht suchte er nach einem alten, befreienden Gefühl.

Forsitan vetus aliquem sensum liberationis quaerebat.

Doch seine Sehkraft war nicht mehr so scharf wie früher.

Sed visus eius non tam acutus erat quam solebat esse.

Dinge in geringer Entfernung waren verschwommen und undeutlich.

Res paulum distans nebulosae et obscurae erant.

Er konnte das Krankenhaus auf der anderen Straßenseite nicht mehr sehen.

Valetudinarium trans viam iam videre non poterat.

Vorher hatte er den Anblick verflucht, jetzt wollte er ihn sehen.

Ante prospectum maledixerat, nunc videre cupiebat.

Er wusste, dass er in der ruhigen, städtischen Charlottenstraße wohnte.

Sciebat se in quieta et urbana via Charlottenstrasse habitare.

Aber vielleicht dachte er, er blicke in die Wüste.

Sed fortasse putavit se desertum spectare.

Eine Ödnis, wo grauer Himmel und graue Erde verschmolzen.

Vastum ubi caelum cinereum et terra cinerea miscebantur.

Zweimal bemerkte die aufmerksame Schwester, dass der Stuhl verschoben worden war.

Bis soror attenta animadvertit sellam motam esse.

Nachdem sie aufgeräumt hatte, schob sie den Stuhl zurück ans Fenster.

Postquam omnia ordinavit, sellam ad fenestram repulit.

Und von nun an ließ sie sogar den Fensterflügel offen.

Et ex hoc tempore etiam fenestram apertam reliquit.

Gregor wünschte sich sehr, er hätte mit seiner Schwester sprechen können.

Gregor vere optavit ut cum sorore sua loqui potuisset.

Er wollte ihr für alles danken, was sie für ihn getan hatte.

Voluit ei gratias agere pro omnibus quae pro eo fecerat.

Dann hätte er ihre Dienste leichter toleriert.

Tum eorum officia facilius tolerasset.

Doch so wie die Dinge standen, litt er darunter, dass sie ihm half.

Sed ut res se habebant, eius auxilio passus est.

Die Schwester versuchte natürlich, die Peinlichkeit zu überspielen.

Soror, scilicet, pudorem obscurare conata est.

Und sie tat ihr Bestes, so zu tun, als ob sie sich nicht belastet fühlte.

Et quantum in se erat simulavit se onus non sentire.

Natürlich musste sie das erst einmal üben.

Scilicet hoc est aliquid quod primum exercere debuit.

Und je mehr Zeit verging, desto besser wurde sie darin.

Et quo magis tempus transibat, eo melius in id fiebat.

Gregor erhielt jedoch auch mehr Zeit, um ihr
Täuschungsmanöver zu durchschauen.
Sed Gregori etiam plus temporis datum est ut eius
simulationem videret.
Schon das Betreten seines Zimmers durch sie war für ihn
eine Tortur.
Etiam ingressus eius in cubiculum eius ei fuit molestus.
Kaum war sie eingetreten, rannte sie direkt zum Fenster.
Simul ac intravit, recta ad fenestram cucurrit.
Sie nahm sich nicht einmal die Zeit, die Tür zu schließen.
Ne tempus quidem sumpsit ad ianuam claudendam.
Normalerweise ersparte sie allen den Anblick von Gregors
Zimmer.
Solet omnibus aspectu cubiculi Gregorii parcere.
Und mit hastigen Händen riss sie das Fenster auf.
Et fenestram manibus festinantibus aperuit.
Dann atmete sie wieder, als ob sie erstickt wäre.
Tum iterum respiravit quasi suffocata esset.
Die einströmende Luft war kalt, und sie atmete tief durch.
Aer ingrediens frigidus erat, et illa alte respiravit.
Dennoch blieb sie noch eine Weile am Fenster stehen.
Sed nihilominus ad fenestram aliquamdiu mansit.
Mit dieser Routine ängstigte sie Gregor zweimal täglich.
Hac consuetudine Gregorium bis in die terrebat.
Während sie im Zimmer war, zitterte er unter dem Sofa.
Dum illa in cubiculo erat, ille sub lecto tremebat.
Er wusste, dass sie ihm diese Tortur gern erspart hätte.
Sciebat eam ei hanc molestiam parcere voluisse.
Aber sie konnte nicht in dem Zimmer sein, wenn das
Fenster geschlossen war.
Sed in cubiculo fenestra clausa esse non poterat.
Einmal kam sie etwas früher.
Fuit aliquando cum paulo prius intravit.
Vermutlich etwa einen Monat nach Gregors Verwandlung.
Probabiliter circiter mensem post transformationem Gregoris.
Sie hatte sich ein wenig an sein neues Aussehen gewöhnt.
Novo eius aspectu aliquantum adsueverat.

Sie hatte also keinen Grund mehr, besonders schockiert zu sein.

Itaque nullam amplius causam habebat cur praecipue perterrita esset.

Sie fand ihn immer noch regungslos aus dem Fenster starrend vor.

Eum adhuc per fenestram intuentem, immobilem, invenit.

Er befand sich am schrecklichsten Ort, an dem er hätte sein können.

In loco pessimo erat quo esse potuit.

Er wäre nicht überrascht gewesen, wenn sie nicht hereingekommen wäre.

Non miratus esset nisi illa introisset.

Er hinderte sie daran, das Fenster zu öffnen.

Ubi erat, eam fenestram aperire prohibuit.

Sie verließ schnell wieder das Zimmer und schloss die Tür.

Celeriter iterum cubiculum egressa est et ianuam clausit.

Ein Fremder hätte zu allen möglichen Schlussfolgerungen gelangen können.

Extraneus ad omne genus conclusionum pervenire potuisset.

Vielleicht wartete er nur auf die Gelegenheit, sie zu beißen.

Forsitan tantum occasionem mordendi eam exspectabat.

Gregor versteckte sich natürlich sofort unter dem Sofa.

Gregor, scilicet, statim sub sofa se abscondit.

Doch er musste bis Mittag warten, bis seine Schwester zurückkehrte.

Sed sororem redire usque ad meridiem exspectare debuit.

Und sie wirkte viel unruhiger als sonst.

Et multo inquietior quam solet ipsa visa est.

Ihm wurde klar, dass der Anblick von ihm immer noch unerträglich war.

Intellexit aspectum eius adhuc intolerabilem esse.

Der Anblick von ihm würde für sie weiterhin unerträglich bleiben.

Eius aspectus ei intolerabilis maneret.

Sie konnte es wahrscheinlich nicht ertragen, auch nur einen Teil von ihm zu sehen.

Probabiliter nullam eius partem videre poterat.

Ein kleines Teil ragte immer unter dem Sofa hervor.

Pars parva semper sub lecto prominebat.

Eines Tages trug er ein Bettlaken auf dem Rücken zum Sofa.

Quodam die linteum lecti in dorso suo ad sofam portavit.

Er wollte verhindern, dass sie irgendetwas von ihm sah.

Volebat eam liberare ne ullam sui partem videret.

Er richtete das Bettlaken so aus, dass er vollständig verdeckt war.

Linteum ita disposuit ut totus eius lateret.

Selbst wenn sie sich bückte, könnte sie ihn nicht sehen.

Etiam si se inclinaret, eum videre non posset.

Für Gregor dauerte die gesamte Arbeit mehr als drei Stunden.

Totum conatum Gregorio plus quam tres horas sumpsit.

Möglicherweise hielt sie das Bettlaken für überflüssig.

Fortasse linteum lecti superfluum putavit.

Sie hätte gewusst, dass er das Bettlaken nicht wollte.

Scivisset eum linteum noluisse.

Er tat es zu ihrem Wohlbefinden und nicht für sich selbst.

Id faciebat propter eius commoditatem, non propter se.

Und sie hätte das Bettlaken abnehmen können, wenn sie gewollt hätte.

Et linteum removere potuisset, si voluisset.

Aber sie ließ das Bettlaken dort, wo Gregor es hingelegt hatte.

Sed linteum lecti ubi Gregor illud posuerat reliquit.

Und Gregor glaubte sogar, einen dankbaren Blick erhascht zu haben.

Et Gregor etiam gratum vultum se percepisse putavit.

Er hatte das Bettlaken vorsichtig mit dem Kopf angehoben.

Linteum lecti capite leniter sustulerat.

Er wollte herausfinden, ob seiner Schwester die Vereinbarung gefiel.

Scire voluit num sorori suae pactum probaret.

Die ersten zwei Wochen waren für die Eltern am schwierigsten.

Primae duae hebdomades parentibus difficillimae erant.

Sie brachten es nicht übers Herz, hereinzukommen und ihn zu sehen.

Non poterant se adducere ut intrarent et eum viderent.

Er belauschte in dieser Zeit viele ihrer Gespräche.

Multas eorum disputationes hoc tempore audivit.

Sie nahmen alles, was die Schwester tat, voll und ganz zur Kenntnis.

Omnia quae soror faciebat plene agnoverunt.

Auch wenn sie früher oft verärgert über sie waren.

Quamquam saepe olim eam irritabantur.

Weil sie ein ziemlich nutzloses Mädchen gewesen zu sein schien.

Quia puella quodammodo inutilis visa erat.

Nun warteten sie auf der anderen Seite des Raumes.

Nunc illi erant qui in altera parte cubiculi exspectabant.

Und sie war es, die den Raum betrat, um alles zu erledigen.

Et illa erat quae cubiculum intravit ut omnia faceret.

Sobald sie herauskam, wollten sie alles wissen.

Simul ac illa exiit, omnia scire voluerunt.

Sie musste ihnen genau beschreiben, wie das Zimmer aussah.

Eis accurate narrare debuit qualis aspectus cubiculi esset.

„Was hat Gregor gegessen? Wie hat er sich diesmal verhalten?"

"Quid Gregor comedit? Quomodo se gessit hac vice?"

„War vielleicht eine leichte Verbesserung zu bemerken?"

"Num fortasse levis emendatio animadvertenda erat?"

Die Mutter war übrigens tatsächlich mutiger.

Mater, obiter, re vera audacior erat.

Und natürlich war es ihr eigener Sohn im Zimmer.

Et scilicet filius suus intus cubiculo erat.

Sie wollte Gregor eigentlich schon bald besuchen.

Gregorium re vera satis mox visitare voluit.

Doch der Vater und die Schwester hielten sie zunächst zurück.

Sed pater et soror initio eam retinuerunt.

Sie brachten sehr rationale Argumente dafür vor, dass sie nicht gehen sollte.

Argumenta valde rationalia protulerunt eam ne iret.

Gregor hörte ihren Argumenten sehr aufmerksam zu.

Gregor rationes eorum attente audivit.

Und er akzeptierte die Argumentation genauso wie seine Mutter.

Et rationem accepit aeque ac mater eius.

Später musste sie jedoch mit Gewalt zurückgehalten werden.

Postea tamen vi retineri debuit.

"Lasst mich zu Gregor hinein, er ist mein unglücklicher Sohn!"

"Intromitto me ad Gregorium; filius meus infelix est!"

"Verstehst du denn nicht, dass ich ihn aufsuchen muss?"

"Nonne intellegis me eum visere ire debere?"

Gregor ließ sich ebenfalls von den Argumenten seiner Mutter überzeugen.

Gregorius quoque argumentis matris persuasus est.

Vielleicht hatte sie recht; es wäre gut, wenn sie hereinkäme.

Forsitan recte dixit; bonum esset si intraret.

Ihn jeden Tag zu besuchen, wäre viel zu viel.

Nimium esset eum cotidie videndum venire.

Aber ihn vielleicht einmal pro Woche zu sehen, könnte genügen.

Sed eum fortasse semel in hebdomada videre satis esse potest.

Sie versteht die Dinge vielleicht viel besser als die Schwester.

Illa fortasse res multo melius quam soror intelleget.

Trotz all ihres Mutes war sie doch nur ein Kind.

Omni audacia praedita, adhuc puella erat.

Vielleicht war es kindliche Unbekümmertheit, die sie dazu veranlasste, diese Aufgabe anzunehmen.

Forsitan puerilis temeritas eam munus suscipere coegit.

Doch Gregors Wunsch, seine Mutter wiederzusehen, ging bald in Erfüllung.

Sed desiderium Gregorii matrem videndi mox verum factum est.

Tagsüber hielt sich Gregor vom Fenster fern.

Interdiu Gregor a fenestra absens se abstenebat.

Dies tat er aus Rücksicht auf seine Eltern.

Hoc fecit propter parentum considerationem.

Er hatte nicht viel Platz, um auf dem Boden herumzukriechen.

Non multum spatii habebat ut per solum reperet.

Es fiel ihm schwer, nachts still zu liegen.

Difficile ei erat noctu quietus iacere.

Das Essen bereitete ihm nicht einmal mehr die geringste Freude.

Edere ei iam nullam minimam voluptatem afferebat.

Natürlich musste er sich irgendwie ablenken.

Scilicet viam aliquam invenire debuit qua se avocaret.

Um sich die Zeit zu vertreiben, kletterte er die Wände rauf und runter.

Ut se oblectaret, per muros sursum ac deorsum reptabat.

Und er kroch auch kopfüber an der Decke entlang.

Et per lacunar quoque reptavit, inverso parte.

Besonders glücklich war er, als er von der Decke hing.

Praesertim laetus erat cum e lacunari pependit.

Es war etwas völlig anderes, als auf dem Boden zu liegen.

Prorsus aliud erat quam in solo iacere.

In dieser Position fiel ihm das Atmen deutlich leichter.

Multo facilius ei erat respirare in hac positione.

Ein leichtes, aber angenehmes Kribbeln durchfuhr seinen Körper.

Levis sed iucunda vibratio per corpus eius transiit.

Manchmal gab er sich seinem Glück sogar zu sehr hin.

Interdum etiam nimis in felicitate sua relaxabatur.

Manchmal ließ er sich ablenken und ließ die Decke los.

Interdum avocabatur, et lacunar dimittebat.

Und zu seiner eigenen Überraschung landete er wieder auf dem Boden.

Et sua ipsius admiratione rursus in terram cecidit.

Aber er hatte seinen Körper deutlich besser unter Kontrolle als zuvor.

Sed corpus suum multo melius quam antea regebat.

So verletzte er sich nun nicht mehr bei so heftigen Stürzen.

Ita nunc se ex tam magnis casibus non laesit.

Die Schwester bemerkte sofort Gregors neue Freude.

Soror statim novam Gregorii voluptatem animadvertit.

Und dort, wo er gekrochen war, waren Klebstoffreste zu sehen.

Et vestigia glutinis erant ubi reptaverat.

Auch hier dachte die Schwester an Gregors Wohlbefinden.

Hic iterum soror de valetudine Gregoris cogitavit.

Vielleicht würde er mehr Platz zum Herumkriechen begrüßen.

Forsitan plus spatii ad reperendum gratum ei esset.

Und der Gedanke hatte sich fest in ihrem Kopf verankert.

Et consilium firmiter in mente eius haesit.

Einige der großen Möbelstücke behinderten seine Bewegungsfreiheit.

Quaedam ex magnis supellectilibus liberum eius motum impediebant.

Da er nicht mehr arbeitete, brauchte er den Schreibtisch nicht mehr.

Non iam laborabat, itaque mensa ei nulla erat necessitas.

Und die Schachtel nahm auch mehr Platz ein als nötig. ***

Et arca plus spatii quam necesse erat occupavit. ***

Die Schwester war nicht in der Lage, diese Dinge allein zu bewegen.

Soror sola haec movere non potuit.

Natürlich wagte sie es nicht, den Vater um Hilfe zu bitten.

Scilicet non ausa est patrem auxilium petere.

Das Dienstmädchen hätte ihr sicherlich auch nicht geholfen.

Ancilla certe nec ei auxilium tulisset.

Das neue Dienstmädchen war tatsächlich ein Jahr jünger als sie.

Nova ancilla re vera anno iunior erat quam ipsa.

Sie hatte mutig die Rolle der ehemaligen Magd übernommen.

Fortiter partes ancillae prioris susceperat.

Doch ein Privileg wollte sie unbedingt haben.

Sed unum privilegium erat quod habere institit.

Sie wollte die Küche stets verschlossen halten.

Volebat culinam omni tempore clausam tenere.

Daher blieb der Schwester nichts anderes übrig, als ihre Mutter zu fragen.

Itaque sorori nulla alia optio erat nisi matrem rogare.

Unter Freudenschreien kam die Mutter herbei, um zu helfen.

Clamoribus gaudii laetitiae mater ad auxilium venit.

Doch an der Tür zu Gregors Zimmer verstummte sie.

Sed ad ianuam cubiculi Gregorii siluit.

Die Schwester überprüfte, ob im Zimmer alles in Ordnung war.

Soror inspexit num omnia in cubiculo bene essent.

Gregor hatte das Bettlaken hastig noch straffer gezogen.

Gregor festinanter linteum etiam artius traxerat.

Obwohl das Bettlaken immer noch willkürlich angeordnet aussah.

Quamquam linteum adhuc temere dispositum videbatur.

Erst dann ließ sie ihre Mutter ins Zimmer.

Et tum demum matrem cubiculum intrare permisit.

Gregor verzichtete auch darauf, unter dem Laken hervorzuspähen.

Gregor etiam ab observando sub linteo abstinuit.

Er beschloss, diesmal auf einen Besuch bei seiner Mutter zu verzichten.

Constituit hac vice matrem videre omittere.

Gregor war schon froh genug, dass sie überhaupt gekommen war.

Gregor satis laetus erat quod illa omnino intrasset.

„Komm herein, du kannst ihn nicht sehen", sagte die Schwester.

"Intrate, eum videre non potestis," dixit soror.

Gregor nahm an, dass sie ihre Mutter an der Hand führte.

Gregor putavit eam matrem manu duci.

Dann hörte er, wie die beiden schwachen Frauen die Möbel verrückten.

Tum duas mulieres infirmas supellectilem moventes audivit.

Die Schwester schien den größten Teil der Arbeit für sich zu beanspruchen.

Soror plerumque operis sibi vindicare videbatur.

Ihre Mutter befürchtete, sie würde sich überanstrengen.

Mater eius timebat ne se nimium laboraret.

Doch die Schwester schenkte diesen Warnungen keine Beachtung.

Sed soror his monitis nihil attendit.

Doch auch nach fünfzehn Minuten ging es nur sehr langsam voran.

Sed etiam post quindecim minuta progressus valde tardus erat.

Es war ihnen nicht gelungen, die Möbel weit zu bewegen.

Supellectilem non longe movere potuerant.

Langsam beschlich sie ein Gefühl der Niederlage.

Paulatim sensum cladis sentire incipiebant.

Die Mutter war die Erste, die die Sinnlosigkeit eingestand.

Mater prima vanitatem confessus est.

"Vielleicht wäre es besser, die Schachtel hier zu lassen."

"Fortasse melius esset arcam hic relinquere."

„Die Kiste ist zu schwer, als dass wir sie noch viel weiter bewegen könnten."

"Arca nimis gravis est ut eam multo longius movere possimus."

„Und wir werden nicht fertig sein, bevor dein Vater eintrifft."

"Nec finiemus antequam pater tuus adveniat."

„Wenn wir die Kiste hier lassen würden, würde das seinen Weg nur noch mehr versperren."

"Arca hic relicta viam eius etiam magis obstrueret."
**Und können wir sicher sein, dass wir ihm damit einen
Gefallen tun?**
"Et certi esse possumus nos ei beneficium facere?"
**Sie begannen zu glauben, dass das Gegenteil durchaus der
Fall sein könnte.**
Coeperunt cogitare contrarium fortasse verum esse.
**Der Anblick der leeren Wand lastete schwer auf ihrem
Herzen.**
Conspectus muri vacui cor eius grave premebat.
**Was spricht dagegen, dass Gregor das auch so empfinden
würde?**
Quid est dicere Gregorium non eodem modo sentire?
**„Er hat sich bereits an die Möbel in seinem Zimmer
gewöhnt."**
"Iam ad supellectilem cubiculi sui assuetus est."
**„In einem leeren Zimmer könnte er sich noch verlassener
fühlen."**
"Fortasse etiam magis derelictus se in conclavi vacuo sentiet."
**Ihre Stimme war inzwischen fast zu einem Flüstern
gesunken.**
Iam vox eius paene ad susurrum se demiserat.
Sie wusste tatsächlich nicht, wo sich Gregor genau aufhielt.
Locum exactum Gregorii re vera nesciebat.
Sie wollte nicht einmal, dass er ihre Stimme hörte.
Nolebat eum ne sonum quidem vocis suae audire.
Obwohl sie sich sicher war, dass er sie nicht verstand.
Quamquam certa erat eum se non intellegere.
**„Würde es nicht so aussehen, als hätten wir ihn völlig
aufgegeben?"**
"Nonne videretur nos in eo omnino deseruisse?"
**"Wird er nicht das Gefühl haben, dass wir ihn mit der
Situation allein lassen?"**
"Nonne sentiet nos eum solum relinquere ut rem gerat?"
„Wir sollten den Raum genau so verlassen, wie er war."
"Cubiculum prorsus eodem modo quo erat relinquere
debemus."

„Irgendwann wird Gregor zu uns zurückkehren, so wie er
war."

"Tandem Gregor ad nos redibit sicut erat."

**„Dann wird er feststellen, dass alles noch an seinem Platz
ist."**

"Tum omnia adhuc in loco suo esse inveniet."

„Und er wird die Übergangszeit viel leichter vergessen."

"Et tempus intermedium multo facilius obliviscetur."

Als Gregor diese Worte hörte, begriff er etwas.

Cum Gregor haec verba audivisset, aliquid intellexit.

**Sein Verstand war in den letzten zwei Monaten verwirrt
worden.**

Mens eius per duos menses proximos confusa erat.

**Der Mangel an menschlicher Interaktion hatte ihm nicht
gutgetan.**

Defectus commercii humani ei non profuerat.

**Er brauchte das eintönige Leben im Kreise seiner Familie
wirklich.**

Vere vita taediosa inter familiam suam egebat.

**Warum sonst hätte er eine solch unsinnige Forderung
gestellt?**

Cur aliter tam inanem postulationem fecisset?

**Welchen Sinn sollte es denn haben, sein Zimmer zu
räumen?**

Quidnam sensus erat cubiculum eius evacuare?

**Das gemütliche Zimmer war mit geerbten Möbeln
eingerichtet.**

Cubiculum commodum supellectili hereditaria ornatum.

**Warum sollte er diese bekannte Wärme in eine Höhle
verwandeln wollen?**

Cur hunc notum calorem in speluncam convertere vellet?

**Eine Höhle, in der er ungestört in alle Richtungen kriechen
konnte.**

Spelunca ubi in omnes partes pacifice repere posset.

**Doch in einer Höhle vergaß er rasch seine menschliche
Vergangenheit.**

Sed spelunca in qua praeteritum humanum suum celeriter oblitus est.

Er fragte sich, ob er schon kurz davor war, alles zu vergessen.

Cogitabat num iam oblivioni prope esset.

Die Stimme seiner Mutter hatte ihn aufgerüttelt und seine Erinnerung wachgerufen.

Vox matris eum ad memoriam concusserat.

Die Stimme, die er so lange nicht gehört hatte.

Vox quam tam diu non audiverat.

Nichts durfte entfernt werden; alles musste bleiben.

Nihil removendum erat; omnia manere debebant.

Die Möbel wirkten sich positiv auf seinen Zustand aus.

Supellex condicionem eius positive movit.

Und ohne diesen Anker zur Vergangenheit konnte er nicht zurechtkommen.

Et sine hac ancora ad praeteritum vim habere non poterat.

Die Möbel hinderten ihn daran, sinnlos herumzukriechen.

Supellex eum inanem reptationem impediebat.

Das war aber kein Verlust, sondern vielmehr ein großer Vorteil.

Sed id non erat damnum, sed potius magnum commodum.

Leider hatte die Schwester eine ganz andere Meinung.

Infeliciter soror longe aliam sententiam habuit.

Sie war gewissermaßen zu einer Sprecherin Gregors geworden.

Quodammodo pro Gregori oratrix facta erat.

Natürlich war ihre Meinung nicht völlig unberechtigt.

Scilicet eius opinio non omnino iniusta erat.

Doch der Meinung ihrer Mutter musste hier widersprochen werden.

Sed matris eius sententia hic contradici debuit.

Es war nicht nur die Kiste, die nun entfernt werden musste.

Non solum arca nunc removenda erat.

Sein Schreibtisch und der Kleiderschrank konnten ebenfalls nicht bleiben.

Nec mensa eius et armarium manere poterant.

Das Einzige, was unverzichtbar war, war das Sofa.
Sola res necessaria erat sofa.
Sie hat diese Entscheidung nicht aus kindischem Trotz getroffen.
Non ex sola puerili contemptione hoc decrevit.
Es lag auch nicht an ihrem erst kürzlich gewonnenen Selbstvertrauen.
Neque erat fiducia sui nuper acquisita.
Das neue Selbstvertrauen, das sie hatte, trieb sie an, so hart für den Sieg zu arbeiten.
Nova fiducia quam tam strenue laborare debebat ut vinceret.
Auch wenn niemand erwartet hatte, dass sie dazu in der Lage sein würde.
Quamquam nemo speraverat eam id facere posse.
Gregor brauchte tatsächlich viel Platz zum Kriechen.
Gregorio vere multum spatii ad reperendum opus erat.
Die Möbel schränkten den ihm zur Verfügung stehenden Raum zusätzlich ein.
Supellex tantum spatium quod ei praesto erat coarctabat.
Sie konnte diese Dinge besser sehen als die Mutter.
Haec melius quam mater videre poterat.
Aber vielleicht spielte auch ihre romantische Ader eine Rolle.
Sed fortasse animus eius romanticus quoque munus egit.
Mädchen in diesem Alter entwickeln oft eine gewisse Begeisterung.
Puellae eius aetatis saepe quendam enthusiasmum acquirunt.
Und sie verspüren das Bedürfnis, ihren Willen durchzusetzen, wann immer es ihnen möglich ist.
Et sentiunt necessitatem ut suum consilium consequantur, quotiescumque possunt.
Vielleicht wollte sie ihn deshalb heimlich sabotieren.
Forsitan haec est causa cur eum clam sabotare voluit.
Noch furchterregender ist er, wenn er an den Wänden entlangkriecht.
Etiam terribilior est cum per muros repit.
Die Eltern trauten sich nicht mehr, das Zimmer zu betreten.

Parentes iam cubiculum intrare non audebant.

Sie wäre tatsächlich die alleinige Betreuerin ihres Bruders.

Vera sola fratris sui custos esset.

Sie ließ sich von ihrer Mutter nicht umstimmen.

Non passa est matri aliter se persuadere.

Gregors Mutter fühlte sich in dem Zimmer bereits unwohl.

Mater Gregoris iam in cubiculo anxia erat.

Sie hörte bald auf zu sprechen und half ihrer Tochter erneut.

Mox loqui tacitus filiaeque iterum auxilium tulit.

Mit ihren letzten Kräften entfernten sie den Kleiderschrank.

Viribus relictis armarium sustulerunt.

Auf die Kommode konnte er verzichten.

Arca erat aliquid quo carere poterat.

Der Schreibtisch musste aber vorerst dort bleiben.

Sed mensa in praesenti manere debebat.

Während die Frauen weg waren, versuchte er, sich einen Überblick über den Raum zu verschaffen.

Dum mulieres absunt, cubiculum inspicere conatus est.

Und Gregor streckte seinen Kopf unter dem Sofa hervor.

Et Gregor caput sub sofa protrusit.

Er musste sehen, was er in dieser Situation tun konnte.

Videndum erat quid de hac re facere posset.

Aber er war so vorsichtig und rücksichtsvoll wie möglich.

Sed quam maxime cautus et consideratus erat.

Leider war es die Mutter, die zuerst zurückkehrte.

Infeliciter, mater prima rediit.

Grete war noch dabei, den Kleiderschrank im Nebenzimmer umzustellen.

Grete adhuc armarium in proximo cubiculo movebat.

Die Mutter war den Anblick Gregors jedoch nicht gewohnt.

Sed mater aspectui Gregoris non adsueverat.

Schon ein flüchtiger Blick auf ihn hätte sie krank machen können.

Vel vel sola eius visio eam aegrotare potuisset.

Gregor eilte rückwärts zum anderen Ende des Sofas.

Gregor ad extremum sofae finem festinans retrorsum se contulit.

Aber er konnte sich nicht zurücklehnen und das Bettlaken ausbalancieren.

Sed retrocedere et linteum lecti in libramento ponere non poterat.

Die Bewegung reichte aus, um die Aufmerksamkeit der Mutter zu erregen.

Motus sufficiebat ad matris attentionem attrahendam.

Sie hielt inne und verharrte einen kurzen Moment ganz still.

Pausa facta, et per breve tempus immota stetit.

Dann drehte sie sich um und verließ das Zimmer wieder.

Tum se convertit, et ex cubiculo rediit.

Gregor redete sich immer wieder ein, dass nichts Ungewöhnliches passiert sei.

Gregor sibi iterum atque iterum dicebat nihil insolitum accidisse.

„Es handelt sich lediglich um ein paar Möbelstücke, die weggebracht wurden."

"Supellex quaedam tantum ablata est."

Doch schon bald musste er zugeben, dass ihn die Ereignisse mitgenommen hatten.

Sed mox fateri debuit res se adfecisse.

Die Frauen hatten alles, was sie taten, auch gesagt.

Mulieres omnia quae faciebant dixerant.

Sie waren im Zimmer auf und ab gegangen.

Per cubiculum huc illuc ambulaverant.

Das Kratzen aller Möbelstücke auf dem Boden.

Stridor omnium supellectilis in pavimento.

Er hatte das Gefühl, von allen Seiten angegriffen zu werden.

Quasi ex omnibus partibus oppugnari sensit.

Er zog Kopf und Beine so fest wie möglich an.

Caput et crura quam artius potuit traxit.

Mit aller Kraft presste er seinen Körper zu Boden.

Omnibus viribus corpus ad terram pressit.

Er wusste, dass er das alles nicht mehr lange aushalten konnte.

Sciebat se haec omnia diutius tolerare non posse.

Sie räumten sein Zimmer aus und nahmen alles mit, was ihm lieb und teuer war.

Cubiculum eius evacuaverunt et omnia quae amabat abstulerunt.

Sie hatten bereits die Kiste mit all seinen Werkzeugen mitgenommen.

Arcam omnia eius instrumenta continentem iam abstulerant.

Nun lockerten sie seinen schweren Schreibtisch vom Boden.

Nunc gravem mensam eius a terra solvebant.

Der Schreibtisch, an dem er nach seiner Rückkehr von der Arbeit gearbeitet hatte.

Mensa in qua laboraverat postquam ab opere redierat.

Der Schreibtisch, an dem er seine Geschäftsaufgaben erledigt hatte.

Mensa in qua officia sua negotialia scripserat.

Der Schreibtisch, an dem er in der Sekundarschule seine Hausaufgaben gemacht hatte.

Mensa in qua pensum suum in schola secundaria perfecerat.

Ja, diesen Schreibtisch hatte er schon in der Grundschule.

Ita, hanc mensam iam in schola primaria habuerat.

Er hatte wirklich keine Zeit, sich von ihren guten Absichten zu überzeugen.

Nullum vere tempus habuit ad bonas eorum intentiones confirmandas.

Obwohl er beinahe vergessen hatte, dass sie überhaupt da waren.

Quamquam paene oblitus erat eos ibi esse.

Weil sie vor Erschöpfung still arbeiteten.

Quia tacite laborabant, propter lassitudinem.

Sie waren zu müde, um ihre Bewegungen jetzt noch bekannt zu geben.

Nimis defessi erant ut motus suos nunc nuntiarent.

Alles, was er hörte, waren ihre schweren Schritte auf dem Boden.

Nihil nisi graves eorum vestigia in solo audivit.

Genau in diesem Moment lehnten sie an der Kiste.

Eo ipso momento ad arcam recumbebant.

Und da kam Gregor unter dem Sofa hervor.

Et tum Gregor sub sofa prodiit.

Er änderte viermal seine Laufrichtung.

Directionem qua currebat quater mutavit.

Er konnte sich nicht entscheiden, welcher Gegenstand zuerst gerettet werden musste.

Non poterat decernere quae res primum servanda esset.

Plötzlich richtete sich sein Blick auf die leere Wand.

Subito eius attentio ad parietem vacuum conversa est.

Alles, was sie ihm hinterlassen hatten, war das Bild der Dame im Pelzmantel.

Nihil ei relictum erat nisi imago mulieris pellibus indutae.

Er kroch zu dem Bild und drückte seinen Körper an sie.

Ad imaginem repsit ut corpus suum contra eam premeret.

Und sein Körper verdeckte vollständig das Bild.

Et corpus eius prospectum imaginis omnino obtexit.

Das Glas stützte ihn und kühlte seinen heißen Bauch.

Vitrum eum sustulit et calidum ventrem consolatus est.

Dieses Foto konnte ihm nicht mehr abgenommen werden.

Haec imago ei amplius auferri non potuit.

Dann wandte er den Kopf zur Wohnzimmertür.

Tum caput ad ianuam conclavis vertit.

Er wollte zusehen, wie die Frauen ins Zimmer zurückkehrten.

Mulieres in cubiculum revertentes observaturus erat.

Und sie ruhten sich nicht lange aus, bevor sie wieder zurückkehrten.

Nec diu quieverunt antequam iterum redierunt.

Grete hatte den Arm um ihre Mutter gelegt, um ihr beim Gehen zu helfen.

Bracchium Gretae circa matrem erat ut eam ambulare adiuvaret.

„Was sollen wir denn jetzt nehmen?", fragte Grete und blickte sich um.

"Quid nunc capiemus?" inquit Grete et circumspiciens.

Genau in diesem Moment trafen sich ihre Blicke mit Gregors.

Eo ipso momento eius aspectus in oculos Gregorii occurrit.

Trotz des Schocks behielt sie die Fassung.

Quamquam stupore, animi praesentiam servavit.

Vermutlich nur wegen der Anwesenheit ihrer Mutter.

Probabiliter solum propter praesentiam matris suae.

Sie neigte ihr Gesicht zu ihrer Mutter und verdeckte ihr die Sicht.

Faciem ad matrem inclinavit, prospectum eius tegens.

Und dann sagte sie, zitternd und gedankenlos:

Tum illa, quamquam tremens et inconsiderata, dixit:

"Kommt schon, sollten wir nicht zurück ins Wohnzimmer gehen?"

"Age, nonne ad atrium redire debemus?"

Gregor konnte die Absichten der Schwester leicht verstehen.

Gregorius facile sororis consilia intellegere poterat.

Ihre oberste Priorität war es, ihre Mutter in Sicherheit zu bringen.

Primum eius negotium erat matrem in tuto redigere.

Aber dann wollte sie ihn von der Mauer herunterjagen.

Sed tum eum de muro deiectura erat.

„Nun, sie kann es ja versuchen!", dachte Gregor bei sich.

"Bene, certe experiri potest!" Gregor secum cogitavit.

Er behielt sein Bild fest im Blick und gab es nicht her.

Firmiter in imagine sua sedit neque eam deposuit.

Am liebsten wäre er der Schwester ins Gesicht gesprungen.

Maluit in sororis faciem saliisse.

Doch Gretes Worte hatten ihre Mutter noch mehr beunruhigt.

Sed verba Gretae matrem eius etiam magis perturbaverant.

Sie trat beiseite, um zu sehen, was vor ihr verborgen wurde.

Se retraxit ut videret quid ab ea celaretur.

Und sie sah den braunen Fleck auf der geblümten Tapete.

Et maculam fuscam in charta parietali floribus ornata vidit.

Und sie schrie auf, noch bevor sie merkte, dass es Gregor war.

Et clamavit priusquam etiam intellexit Gregorium esse.

"Oh Gott", schrie sie mit ausgestreckten Armen.

"O deus," exclamavit bracchiis extensis.

Und sie sank auf die Couch, als hätte sie aufgegeben.

Et quasi destitisset, in lectum concidit.

„Gregor!", rief die Schwester ihm mit erhobener Faust zu.

"Gregor!" clamavit soror ad eum, pugno sublato.

Und sie warf ihm einen langen, harten und durchdringenden Blick zu.

Et eum diu, duro, ac penetrante aspectu aspexit.

Dies war das erste Mal, dass sie direkt mit ihm gesprochen hatte.

Haec erat prima vice cum eo directe locuta erat.

Sie rannte ins Nebenzimmer, um Riechsalz zu holen.

In proximam cubiculum cucurrit ut sales odoratos acciperet.

Sie musste ihre Mutter wieder zum Bewusstsein bringen.

Matrem ad conscientiam reducere debuit.

Gregor wollte helfen, er konnte das Bild später aufbewahren.

Gregor adiuvare voluit, imaginem postea servare poterat.

Doch er war fest an der Glasscheibe festgeklebt.

Sed se firmiter vitro haeserat.

Deshalb musste er sich mit großer Kraft losreißen.

Itaque se magna vi avellere debuit.

Auch er rannte in den nächsten Raum, wo sich die Schwester befand.

Ille quoque in proximam cameram cucurrit, ubi soror erat.

Früher hätte er ihr vielleicht einen Rat geben können.

Olim ei consilium aliquod dare potuisset.

Doch nun konnte er nichts anderes tun, als tatenlos zuzusehen.

Sed nunc nihil facere poterat nisi otiosus stare et spectare.

Sie durchwühlte die Schublade und öffnete verschiedene Flaschen.

Per scrinium scrutata est, varias lagenas aperiens.

Und er erschreckte sie immer noch, als sie sich umdrehte.

Et adhuc eam terruit cum se converteret.

Eine Flasche fiel zu Boden, zerbrach und splitterte.

Ampulla in solum cecidit, fracta est, et in frusta disrupta est.

Ein Glassplitter traf Gregor im Gesicht und verletzte ihn.

Frustulum vitreum faciem Gregorii percussit et eum vulneravit.

Die Flasche hatte eine Art ätzende Flüssigkeit enthalten.

Ampulla quoddam liquoris caustici continebat.

Und nun brannte die ätzende Flüssigkeit auf Gregors Gesicht.

Et nunc liquor corrosivus faciem Gregorii urebat.

Die Schwester hatte jedoch im Moment keine Zeit für Gregor.

Soror autem Gregori hoc tempore nullum tempus habebat.

Sie sammelte so viele Flaschen ein, wie sie tragen konnte.

Quam plurimas ampullas collegit.

Und sie rannte mit der Medizin zurück zu ihrer Mutter.

Et ad matrem cum medicamento recurrit.

Sie schlug die Tür mit dem Fuß zu und schloss Gregor aus.

Pede ianuam claudens, Gregorium exclusit.

Nun war er von seiner möglicherweise sterbenden Mutter abgeschnitten.

Nunc a matre, quae fortasse moritura erat, separatus erat.

Wenn er die Tür öffnete, würde er die Schwester verjagen.

Si ianuam aperiret, sororem fugaret.

Aber natürlich musste sie bleiben, um sich um die Mutter zu kümmern.

Sed scilicet manere debuit ut matrem curaret.

Es gab für ihn nichts anderes zu tun, als auf sie zu warten.

Nihil nunc facere poterat nisi eos exspectare.

Von Selbstvorwürfen und Angst geplagt, begann er zu kriechen.

Sui ipsius vituperatione et anxietate vexatus, repere coepit.

Er kroch überall hin; an Wänden, Möbeln, der Decke.

Undique reptavit; per muros, per supellectilem, per lacunar.

Er hatte das Gefühl, als würde sich der ganze Raum um ihn drehen.

Sentiebat quasi tota conclavis circum se verteretur.

Schließlich fiel er, verzweifelt und schwindlig, wieder zu Boden.

Tandem, desperans et vertigine correptus, rursus concidit.

Und er fiel direkt auf den großen Esstisch.

Et cecidit super magnam mensam cenaculi.

Er lag eine Weile da, betäubt und unfähig sich zu bewegen.

Aliquod tempus ibi iacens, torpidus et movere non valens, egit.

Er war erschöpft von all dem, was ihm dieser Tag gebracht hatte.

Defessus erat omnibus quae hic dies ei intulerat.

Es herrschte ringsum Stille, aber vielleicht war das ein gutes Zeichen.

Silentium undique erat, sed fortasse id bonum omen erat.

Dann zerriss das Klingeln an der Haustür die Stille.

Tum, silentium rumpens, tintinnabulum ianuae foris sonuit.

Das Dienstmädchen hatte sich natürlich in ihrer Küche eingeschlossen.

Ancilla, scilicet, se in culina sua clauserat.

Die Schwester war also die Einzige, die die Tür öffnen konnte.

Ita soror sola ianuam aperire potuit.

„Was ist passiert?", fragte der Vater als Erstes.

"Quid accidit?" primum a patre quaesivit.

Gretes Erscheinung hatte ihm wahrscheinlich alles verraten.

Aspectus Gretae ei omnia probabiliter narraverat.

Gretes Stimme wurde beim Sprechen gedämpft und dumpf.

Vox Grete, dum loquebatur, obtusa et hebes facta est.

Sie muss ihr Gesicht an die Brust ihres Vaters gedrückt haben.

Faciem suam ad pectus patris pressisse debet.

„Mutter war bewusstlos, aber es geht ihr jetzt besser."

"Mater exanimata erat, sed nunc melius se habet."

„Gregor ist entkommen", fügte sie hinzu, was er auch erwartet hatte.

"Gregor effugit," addidit, quod ille exspectaverat.

"Ich habe dir doch immer gesagt, dass er eines Tages ausbrechen würde."

"Semper tibi dixi eum aliquando effugiturum esse."

„Aber ihr Frauen wolltet mir ja nicht zuhören, nicht wahr?"
"Sed vos mulieres me audire non voluistis, annon?"
Gregor erkannte schnell, wie sein Vater die Dinge sehen würde.
Gregor cito intellexit quomodo pater eius res videret.
Er hatte Gretes allzu kurze Nachricht falsch interpretiert.
Nuntium Gretae nimis brevem male interpretatus erat.
Er nahm an, Gregor habe eine Gewalttat begangen.
Gregorium aliquod facinus violentiae commisisse arbitratus est.
Gregor musste einen Weg finden, seinen Vater irgendwie zu besänftigen.
Gregorius viam invenire debuit patrem suum aliquo modo placandi.
Weil er keine Zeit hatte, ihm die Dinge zu erklären.
Quia tempus ei non habuit ut res ei explicaret.
Aber er hätte die Dinge ohnehin nicht erklären können.
Sed res explicare omnino non potuisset.
Da flüchtete er zur Tür und drückte sich dagegen.
Itaque ad portam fugit et se contra eam pressit.
So konnte sein Vater ihn vom Vorzimmer aus sehen.
Ita pater eum ex vestibulo videre poterat.
Und er würde erkennen, dass er die besten Absichten hatte.
Et videre posset se optima consilia habere.
Es war nicht nötig, ihn mit einem Besen zurückzudrängen.
Non erat opus eum scopa repellere.
Der Vater hätte lediglich die Tür öffnen müssen.
Patri nihil aliud facere debuisset quam ianuam aperire.
Doch er hatte keine Lust, solche Feinheiten zu bemerken.
Sed non erat animo tales subtilitates animadvertendi.
"Da bist du ja!", rief er, sobald er eingetreten war.
"En adsis!" exclamavit, simulac ingressus est.
Es war, als wäre er gleichzeitig wütend und glücklich.
Quasi simul iratus et laetus esset.
Er zog den Kopf zurück und blickte zu seinem Vater auf.
Caput retrorsum retraxit, et ad patrem sursum aspexit.
Er hatte sich seinen Vater nicht so vorgestellt.

Non imaginatus erat patrem suum ibi sic stantem.

Doch in letzter Zeit hatte er eine neue Ablenkung gefunden.

Sed nuperrime novam distractionem invenerat.

Das Herumkriechen nahm nun einen großen Teil seines Tages ein.

Reptatio nunc magnam partem diei eius occupabat.

Zuvor hatte er alle Neuigkeiten in der Wohnung im Blick behalten.

Ante, omnia nova in apartamento observabat.

Aber in letzter Zeit hatte er nicht mehr so genau darauf geachtet.

Sed nuper non tam multum attenderat.

Er hätte auf Veränderungen vorbereitet sein müssen.

Mutationibus subeundis paratus esse debuisset.

Aber war dieser Mann vor ihm noch der Vater?

Nihilominus, num hic vir ante eum adhuc pater erat?

War er noch derselbe Mann, der früher müde in seinem Bett lag?

Num idem vir erat qui solebat lassus in lecto suo iacere?

Als Gregor bereits auf Geschäftsreise war.

Cum Gregor iam in iter negotiale profectus esset.

War er derselbe Mann, der ihn abends begrüßte?

Num idem vir erat qui eum vesperis salutabat?

Als er in seinem Morgenmantel in seinem Sessel saß.

Cum veste cubiculari indutus in cathedra sua esset.

War er derselbe Mann, der nicht aufstehen konnte, um ihn zu begrüßen?

Num idem vir erat qui surgere non poterat ut eum salutaret?

So blieb er sitzen und hob freudig den Arm.

Itaque sedens manens, bracchium suum gaudii signum sustulit.

War er derselbe Mann, mit dem er gelegentlich spazieren ging?

Num idem erat vir cum quo interdum ambulabat?

In seltenen Fällen: an einigen Sonntagen im Jahr oder an Feiertagen.

Raro: paucis Dominicis per annum, aut feriis.

**War er derselbe Mann, der in seinen Mantel gehüllt
herüberkam?**

Num idem vir erat qui, pallio suo involutus, ambulabat?

**Musste er sich langsam zwischen Mutter und ihm
vorwärtsarbeiten?**

Num lente progrediebatur, inter matrem et ipsum?

Und sie gingen seinetwegen bereits langsam.

Et iam lente propter eum ambulabant.

Doch nun stand dieser Mann stark und aufrecht.

Sed nunc vir hic fortis et rectus stabat.

Er trug eine blaue Uniform mit goldenen Knöpfen.

Vestitus erat caerulea veste cum fibulis aureis.

Knöpfe, die die Angestellten der Bankinstitute tragen.

Fibulae quas servi institutionum argentariarum gerunt.

**Über dem steifen Kragen trat sein markantes Doppelkinn
hervor.**

Supra rigidum collum, mentum eius validum et duplex
emersit.

**Unter seinen buschigen Augenbrauen blickten seine
schwarzen Augen hervor.**

Sub superciliis densis oculi eius nigri prospiciebant.

**Seine Augen wirkten nun durchdringend, frisch und
aufmerksam.**

Nunc oculi eius acuti, recentes, et vigilantes videbantur.

Das zuvor zerzauste weiße Haar wurde glatt gekämmt.

Capilli candidi antea incompti deorsum pectiti sunt.

Und sein Haar hatte nun einen sorgfältigen Mittelscheitel.

Et capillus eius nunc digitā in medio divisus erat.

**Er warf seinen Hut weg, der mit einem goldenen
Monogramm verziert war.**

Pileum suum abiecit, qui aureo monogrammate affixus erat.

**Es handelte sich wahrscheinlich um das Monogramm der
Bank, für die er arbeitete.**

Probabiliter monogramma argentariae ubi laborabat erat.

**Und der Hut landete auf dem Sofa, um später weggeräumt
zu werden.**

Et petasus in sofam cecidit, ut postea reponendus esset.

Er schob den Saum der langen Uniformjacke zurück.
Imum longae tunicae uniformis repulit.
Und er steckte seine Daumen in die Hosentaschen.
Et pollices in sinum braccarum suarum posuit.
Und dann ging er mit finsterer Miene auf Gregor zu.
Deinde, vultu torvo, ad Gregorium ambulavit.
Er wusste wahrscheinlich selbst noch nicht, was er vorhatte.
Probabiliter ne quidem sciebat quid facere cogitaret.
Dennoch hob er die Füße ungewöhnlich hoch.
Sed nihilominus pedes insolito modo alte sustulit.
Gregor staunte über die enorme Größe seiner Stiefel.
Gregor magnitudine ingenti caligarum suarum obstupuit.
Doch dafür blieb wirklich keine Zeit, seine Schuhe zu bewundern.
Sed re vera nullum tempus erat ad calceos eius admirandos.
Der Vater hatte sich für eine sehr strenge Disziplin entschieden.
Pater disciplinam severissimam constituerat.
Für Gregor war nur die größtmögliche Strenge angemessen.
Sola maxima severitas Gregori decebat.
Das wusste er vom ersten Tag seiner Verwandlung an.
Hoc ab primo die transformationis suae scivit.
Er rannte zu seinem Vater und blieb stehen, als dieser stehen blieb.
Ad patrem cucurrit, et cum ille constitit, substitit.
Als er sich wieder bewegte, huschte er erneut auf ihn zu.
Rursus ad eum cucurrit cum ille iterum se movit.
Der Vater hielt einen Moment inne, und Gregor tat es ihm gleich.
Pater paulisper tacuit, et Gregor similiter.
Und sobald sich sein Vater bewegte, stürmte er wieder vorwärts.
Et iterum procurrit simulac pater movit.
Auf diese Weise gingen sie mehrmals im Kreis um den Raum.
Hoc modo per cubiculum pluries circumierunt.

Bislang hatte noch niemand einen entscheidenden Vorteil errungen.

Nullum adhuc commodum magnum ab ullo adeptum erat.

Man konnte nicht den Eindruck einer Verfolgungsjagd gewinnen.

Impressionem persecutionis quisquam capere non potuit.

Weil das ganze Geschehen viel zu langsam vonstatten ging.

Quia totum eventum nimis lente fiebat.

Gregor hatte beschlossen, am Boden zu bleiben.

Gregor decreverat se humi mansurum esse.

Er hätte die Wände hoch und an der Decke entlanglaufen können.

Per muros et per laquearia currere potuisset.

Er wollte den Vater aber nicht unnötig provozieren.

Sed patrem frustra provocare nolebat.

Eine solche Flucht hätte besonders verwerflich erscheinen können.

Talia fuga praesertim nefaria videri potuisset.

Gregor räumte ein, dass diese Jagd nicht mehr lange dauern könne.

Gregor confessus est hanc persecutionem diutius durare non posse.

Jeder Schritt erforderte eine Vielzahl von Bewegungen.

Quodque gradum innumeris motibus occurrendum erat.

Er begann bereits Atemnot zu verspüren.

Iam anhelitum sentire incipiebat.

Schon vorher hatte er nie absolut zuverlässige Lungen gehabt.

Etiam antea numquam pulmones omnino fidedignos habuit.

Er taumelte dahin und sparte seine Kräfte für den Lauf.

Titubanter progrediebatur, vires ad cursum servans.

Er war so müde, dass er die Augen kaum noch offen halten konnte.

Tam fessus erat ut vix oculos apertos tenere posset.

Seine Gedanken verlangsamten sich zu sehr, um an andere Fluchtmöglichkeiten zu denken.

Cogitationes eius nimis tardae factae sunt ut de aliis fugabus cogitare posset.

Er hatte fast vergessen, dass ihm die Wände zur Verfügung standen.

Paene oblitus erat muros sibi praesto esse.

Die Wände waren aber ohnehin hinter Möbeln verborgen.

Sed parietes post supellectilem nihilominus latebant.

Und die Möbel wiesen zu viele Kerben und Vorsprünge auf.

Et supellex nimis multas incisuras et prominentias habebat.

Und dann, direkt neben ihm, rollte ein Apfel.

Et tum, iuxta eum, volubile, malum erat.

Ihm wurde klar, dass der Apfel nach ihm geworfen worden sein musste.

Malum in eum iactum esse debuit, intellexit.

Doch er hatte keine Zeit zum Nachdenken, da kam schon der nächste Apfel.

Sed nullum tempus cogitandi habuit antequam aliud malum advenit.

Gregor erstarrte vor Schreck über die neue Strategie seines Vaters.

Gregorius ob novam patris rationem prae stupore obstupuit.

Er konnte durch einen Fluchtversuch nichts mehr gewinnen.

Nihil iam ex conatu currendi proficere poterat.

Der Vater hatte beschlossen, ihn mit Früchten zu überhäufen.

Pater decreverat eum fructibus onerare.

Er hatte sich die Taschen mit Obst aus der Küchenschale gefüllt.

Sacculos suos ex phiala fructuum culinae impleverat.

Ohne besonders darauf zu zielen, warf er Apfel um Apfel.

Sine dirigendo accurate, malum post malum iactavit.

Diese kleinen roten Äpfel rollten auf dem Boden herum.

Haec parva mala rubra per terram volvebantur.

Wie von einem Stromschlag getroffen, stießen die Äpfel aneinander.

Quasi electrificata, mala inter se impegerunt.

Einer der schwach geworfenen Äpfel streifte Gregors Rücken.
Unum e malis debiliter iactis dorsum Gregorii tetigit.
Zum Glück für ihn rutschte der Apfel harmlos herunter.
Fortunate ei, malum illud innocue delapsum est.
Der anschließend geworfene Apfel traf jedoch genauer.
Attamen malum postea iactum accuratius erat.
Und dieser Apfel blieb tief in Gregors Rücken stecken.
Et hoc malum alte in tergo Gregoris haesit.
Gregor wollte sich vor dem Schmerz davonreißen.
Gregor se a dolore trahere cupiebat.
Vielleicht ließe sich diesem neuen, unvorstellbaren Schmerz entkommen.
Forsitan hic novus, incredibilis dolor effugi posset.
Vielleicht würde ein Ortswechsel seine Qualen lindern.
Forsitan loci mutatio dolorem eius levaret.
Aber er fühlte sich, als wäre er am Boden festgenagelt.
Sed sibi videbatur quasi pavimento fixus esset.
Er streckte sich aus, aber nur aufgrund seiner Verwirrung.
Se extendit, sed solum propter confusionem suam.
Erst mit seinem letzten Blick sah er, wie sich die Tür öffnete.
Ultimo tantum aspectu ianuam aperiri vidit.
Die Mutter stürzte vor die schreiende Schwester hinaus.
Mater ante sororem clamantem cucurrit.
Die Schwester hatte sie ausgezogen, sodass sie nur noch ihr Hemd trug.
Soror eam vestibus exuerat, itaque in tunica erat.
Sie hatte in ihrer Bewusstlosigkeit Freiraum gebraucht.
Spatium respirationis in inscientia sua desideraverat.
Er sah noch, wie die Mutter auf den Vater zulief.
Vidit adhuc quomodo mater ad patrem cucurrit.
Ihre Röcke rutschten einer nach dem anderen zu Boden.
Volumina eius, una post alteram, ad terram delapsa sunt.
Er sah, wie sie auf den Vater zuging und über ihren Rock stolperte.
Vidit eam ad patrem appropinquantem et in veste eius impingentem.

Sie umarmte ihn und bat darum, Gregors Leben zu verschonen.

Eum complexa, vitam Gregoris servari poposcit.

In völliger Einheit mit seinem Körper versagte auch sein Augenlicht.

Perfecta cum corpore coniunctione, visus eius defecit.

Teil Drei
Pars Tertia

Gregor litt über einen Monat lang unter der schweren Verletzung.

Gregor gravissimam iniuriam per plus mensem passus est.

Der Apfel steckte fest; niemand wagte es, ihn zu entfernen.

Malum infixum remansit; nemo ausus est illud removere.

Der Apfel blieb als sichtbare Erinnerung in seinem Fleisch zurück.

Malum in carne eius remansit quasi visibilis monumentum.

Der Apfel diente dem Vater aber auch als Erinnerung.

Sed malum etiam patri admonitio erat.

Ihm wurde klar, dass Gregor nicht wie ein Feind behandelt werden sollte.

Intellexit Gregorium non pro hoste tractandum esse.

Im Moment mag sein Erscheinungsbild traurig und abstoßend wirken.

Mox vultus eius tristis et taeterrimus esse potest.

Aber dennoch war er ein Mitglied ihrer Familie.

Sed nihilominus, familiae eorum pars erat.

Der Widerwille musste überwunden und toleriert werden.

Repugnantia devoranda et toleranda erat.

Aufgrund seiner Verletzung könnte seine Beweglichkeit für immer verloren sein.

Ob vulnus, mobilitas eius fortasse in perpetuum amittitur.

Er kroch immer noch in seinem Zimmer herum, aber viel langsamer.

In cubiculo suo adhuc reptabat, sed multo tardius.

Kriechen in irgendeiner Höhe war völlig ausgeschlossen.

Repere ulla altitudine non poterat.

Gregor erhielt jedoch eine Form der Entschädigung.

Sed Gregor aliquam formam compensationis accepit.

Am Abend wurde ihm die Wohnzimmertür geöffnet.

Vespere ianua cubiculi vivendi ei aperta est.

**Und er war der Ansicht, dass diese
Wiedergutmachungszahlungen vollkommen angemessen
seien.**

Et has reparationes omnino sufficientes esse sentiebat.

**Noch vor Einbruch der Dunkelheit begann er, die Tür zu
beobachten.**

Ante vesperum iam ianuam observare coeperat.

Er lag in der Dunkelheit, vom Wohnzimmer aus unsichtbar.

In tenebris iacebat, e conclavi invisibilis.

**Er konnte die ganze Familie an dem beleuchteten Tisch
sehen.**

Totam familiam ad mensam illuminatam videre poterat.

Nun durfte er ihren Gesprächen zuhören.

Nunc ei licebat sermones eorum audire.

**Dies unterschied sich deutlich von ihrer vorherigen
Vereinbarung.**

Hoc a priore eorum ordinatione valde diversum erat.

**Die lebhaften Gespräche vergangener Zeiten waren
verstummt.**

Colloquia vivida priorum temporum finita erant.

**Das waren die Gespräche, nach denen er sich immer gesehnt
hatte.**

Hae erant sermones quos olim desiderabat.

Als er allein in kleinen Hotelzimmern schlief.

Cum solus in parvis cubiculis deversoriis dormiret.

Als er sich in die feuchte Bettwäsche werfen musste.

Cum se in humida stragula iactare coactus esset.

Die Abende verliefen nun meist ruhig und ereignislos.

Sed vespera nunc plerumque quieta et sine eventu erant.

**Der Vater schlief nach dem Abendessen in seinem Sessel
ein.**

Pater post cenam in cathedra sua obdormivit.

Und Mutter und Schwester ermahnten einander zur Stille.

Mater autem et soror alteram alteram adhortabantur ut
tacerent.

**Die Mutter beugte sich weit über die Lampe und nähte
Leinen.**

Mater, longe super lucem inclinata, lintea consuebat.
Sie entwirft jetzt Kleider für eines der Modegeschäfte.
Vestes nunc pro una ex tabernis vestiariis confecit.
Wie Gregor hatte auch die Schwester eine Stelle als Verkäuferin angenommen.
Sicut Gregor, soror munus venditricis susceperat.
Sie lernte abends Stenografie und Französisch.
Vesperi discebat tachygraphiam et linguam Gallicam.
Damit sie später vielleicht eine bessere Arbeitsstelle bekommen könnte.
Ut fortasse postea meliorem locum laboris adipisci possit.
Manchmal wachte der Vater von seinem abendlichen Nickerchen auf.
Interdum pater e vespertinis quietibus expergefactus est.
"Liebling, du nähst heute schon so lange!"
"Cara, iam tam diu hodie suisti!"
Er schien vergessen zu haben, dass er geschlafen hatte.
Oblitus esse videbatur se dormire.
Doch er fiel sofort wieder in seinen Schlaf zurück.
Sed statim iterum in somnum recidit.
Und Mutter und Schwester lächelten einander müde an.
Et mater et soror inter se defessis subriserunt.
Der Vater hatte eine seltsame neue Sturheit entwickelt.
Pater novam et insolitam pertinaciam contraxerat.
Selbst zu Hause weigerte er sich, seine Dieneruniform auszuziehen.
Etiam domi vestem servilem exuere recusavit.
Und sein Morgenmantel hing nutzlos am Kleiderbügel.
Et vestis eius cubicularis frustra in pertica pendebat.
So schlief der Vater, vollständig bekleidet, in seinem Sessel.
Itaque pater, plene vestitus, in cathedra sua dormivit.
Es war, als ob er immer bereit wäre, seinen Dienst zu leisten.
Quasi semper paratus esset officium suum praestare.
Als ob er nur auf die Stimme seines Vorgesetzten gewartet hätte.
Quasi vocem superioris tantum exspectaret.
Dies führte dazu, dass seine Uniform an Sauberkeit verlor.

Hoc effecit ut uniformis eius munditia amitteret.

Obwohl die Uniform auch nicht neu war, als er sie bekam.

Quamquam vestis ipsa non nova erat cum eam accepit.

Und die Mutter tat ihr Bestes, um die Uniform zu pflegen.

Et mater quantum potuit curavit uniformem.

Gregor verbrachte ganze Abende damit, diese Uniform anzusehen.

Gregor totas vesperas hanc vestem uniformem spectans consumpsit.

Er beobachtete, wie der alte Mann äußerst unbequem schlief.

Observavit senem incommodissime dormire.

Doch im Schlaf bemerkte er auch etwas Friedliches.

Sed in somno etiam aliquid tranquillum animadvertit.

Als die Uhr zehn schlug, versuchte die Mutter, ihn zu wecken.

Cum horologium decimam horam sonuisset, mater eum excitare conata est.

Sie sprach leise und überredete ihn, ins Bett zu gehen.

Illa quiete locuta est, et eum suasit ut cubitum iret.

Denn auf dem Sessel zu schlafen war kein richtiger Schlaf.

Quia in cathedra dormire non erat verus somnus.

Er musste um sechs Uhr mit der Arbeit beginnen.

Hora sexta laborare incipere debebat.

Deshalb musste er unbedingt so gut wie möglich schlafen.

Itaque ei vere opus erat somno quam optimo capere.

Doch er war von einer neuen Form der Sturheit ergriffen.

Sed nova quadam pertinaciae forma captus erat.

Die Tatsache, dass er Diener geworden war, hatte begonnen, diese Wirkung auf ihn zu haben.

Servitus fieri hunc in eum effectum habere coeperat.

Deshalb bestand er immer darauf, länger am Tisch zu bleiben.

Ita semper institit ut diutius ad mensam maneret.

Obwohl er regelmäßig wieder in seinem Sessel einschlief.

Quamquam iterum regulariter in sella sua obdormiebat.

Und er ließ sich nur mit größter Mühe bewegen.

Et summa difficultate moveri non potuit.
Man musste ihm erklären, dass das Bett besser für ihn wäre.
Ei dicendum erat lectum sibi melius fore.
Mutter und Schwester mussten nachdrücklich darauf bestehen, oft mit nur wenigen Vorwarnungen.
Mater et soror parvis monitis insistere debuerunt.
Fünfzehn Minuten lang schüttelte er nur langsam den Kopf.
Per quindecim minuta caput lente tantum quassavit.
Und er hielt die Augen geschlossen und weigerte sich aufzustehen.
Oculosque clausos tenuit, et surgere noluit.
Die Mutter zupfte sanft, aber bestimmt an seinem Ärmel.
Mater manicam eius traxit, leniter sed firmiter.
Und sie flüsterte ihm schmeichelhafte Worte in seine müden Ohren.
Et verba blandientia in auribus eius fessis susurravit.
Die Schwester unterbrach ihre Arbeit, um ihrer Mutter zu helfen.
Soror munus quod habebat reliquit ut matri auxilium ferret.
Doch keiner ihrer Versuche zeigte Wirkung beim Vater.
Sed nullus conatus eorum in patrem profuit.
Er sank noch tiefer in seinen Stuhl, bereit zum Schlafen.
In sellam etiam altius se demisit, dormire paratus.
Und schließlich packten ihn die Frauen unter den Achseln.
Tandemque mulieres eum sub axillis prehenderunt.
Er öffnete die Augen und blickte sie abwechselnd an.
Oculos aperuit et eos alternatim aspexit.
„Was für ein Leben!", klagte er beim Zubettgehen.
"Quanta vita haec est," questus est cubitum iret.
"Ist das der Frieden, der mir im Alter zuteilwurde?"
"Haecne est pax quae mihi in senectute data est?"
Doch dann stützte er sich auf die beiden Frauen und stand unbeholfen auf.
Sed tum, duabus mulieribus innixus, surrexit, incommode.
Er tat so, als trüge er die schwerste Last.
Quasi gravissimum onus portaret, se gessit.

Er ließ sich von den beiden Frauen bis ans andere Ende des Raumes führen.

Duabus mulieribus se ad finem cubiculi ducere permisit.

Dort wünschte er ihnen eine gute Nacht und ging dann allein weiter.

Ibi eis bonam noctem dedit, et solus perrexit.

Doch die Mutter warf hastig ihr Nähzeug hin.

Sed mater festinanter instrumenta sutoria abiecit.

Und auch die Schwester legte den Stift und den Notizblock beiseite.

Et soror etiam calamum et pugillarem deposuit.

Und sie liefen hinter dem Vater her, um ihm weiter zu helfen.

Et post patrem cucurrerunt ut eum ulterius adiuvarent.

Wer in dieser überarbeiteten Familie hatte schon Zeit für Gregor?

Quis in hac familia laboriosis ullum tempus Gregori habuit?

Wer hätte ihm mehr Aufmerksamkeit schenken können als nötig?

Quis ei plus attentionis quam necesse erat praebere potuit?

Das Haushaltsbudget wurde zunehmend eingeschränkt.

Pecunia domestica magis magisque coarctata fiebat.

Um Geld zu sparen, mussten sie schließlich das Dienstmädchen entlassen.

Tandem, ut pecuniam servarent, ancillam dimittere coacti sunt.

Sie wurde durch eine stämmige, weißhaarige Frau ersetzt.

Substituta est muliere crassa ossibus et canitie.

Diese Frau kam jedoch nur morgens und abends.

Haec autem mulier veniebat tantum mane et vespere.

Und die schwerste und härteste Arbeit wurde ihr aufgehoben.

Et omne gravissimum ac difficillimum opus ei reservatum est.

Alle anderen Hausarbeiten wurden von der Mutter erledigt.

Cetera omnia officia a matre curabantur.

Es kam sogar vor, dass verschiedene Familienschmuckstücke verkauft wurden.

Accidit etiam ut variae gemmae familiae venditae sint.

Schmuck, den die Frauen bei Feierlichkeiten mit Freude getragen hatten.

Ornamenta quae mulieres libenter per celebrationes gesserant.

Gregor erfuhr dies in einer der allgemeinen Diskussionen.

Gregor hoc ex una ex disputationibus generalibus didicit.

Die größte Beschwerde betraf jedoch etwas anderes.

Maxima autem querela aliud erat.

Die Wohnung war zu groß, aber sie konnten nicht ausziehen.

Aedes nimis magnae erant, sed exire non poterant.

Es gab keine Möglichkeit, Gregor umzusiedeln.

Nullo modo Gregorium in locum suum transferre potuerunt.

Gregor erkannte jedoch, dass es nicht nur um Rücksichtnahme ging.

Sed Gregor intellexit non solum considerationem esse.

Etwas anderes hielt sie davon ab, woanders hinzuziehen.

Aliquid aliud eos prohibuit quominus alio migrarent.

Er hätte problemlos in einer geeigneten Kiste transportiert werden können.

Facile in arca idonea transportari potuisset.

Ihre Gefühle völliger Hoffnungslosigkeit hielten sie zurück.

Sententia desperationis completae eos impediebat.

Sie wollten sich nicht eingestehen, dass sie vom Unglück getroffen worden waren.

Nolebant fateri infortunium se accidisse.

Was die Welt von armen Menschen verlangt, das haben sie erfüllt.

Quod mundus a pauperibus postulat, illi impleverunt.

Der Vater holte dem kleinen Bankangestellten das Frühstück.

Pater ientaculum parvo argentario attulit.

Die Mutter opferte sich für die Wäsche von Fremden auf.

Mater se pro vestibus ignotorum lavandis immolavit.

Die Schwester rannte hin und her, um die Bestellungen der Kunden aufzunehmen.

Soror ad iussa clientium huc illuc cucurrit.

Aber sie hatten einfach nicht mehr die Kraft, irgendetwas weiter zu tun.

Sed vires amplius faciendi non habebant.

Die Wunde in Gregors Rücken schmerzte nun noch mehr.

Vulnus in tergo Gregoris etiam magis dolere coepit.

Jeden Abend brachten Mutter und Schwester den Vater ins Bett.

Quaque nocte mater et soror patrem in lectum adducebant.

Sie ließen ihre Arbeit liegen und setzten sich zusammen.

Opus suum ubi erat reliquerunt, et simul consederunt.

Und sie rückten näher zusammen und saßen Wange an Wange.

Et propius ad se accesserunt, et gena ad genam sederunt.

Die Mutter zeigte auf das Zimmer, von dem aus er zusah.

Mater ad cubiculum unde ille observabat monstravit.

"Würdest du die Tür schließen?", fragte sie die Schwester.

"Visne ianuam claudere?" sororem rogavit.

Und dann war Gregor wieder allein in der Dunkelheit.

Et tum Gregor iterum solus in tenebris relictus est.

Und im Nebenzimmer vermischten die Frauen ihre Tränen.

Et in proximo cubiculo mulier lacrimas eorum miscebat.

Oder sie saßen mit trockenen Augen da und starrten einfach nur auf den Tisch.

Aut oculis siccis sedebant, mensam tantum intuentes.

Gregor schlief kaum, weder nachts noch tagsüber.

Gregor vix omnino dormivit, neque nocte neque die.

Er dachte oft darüber nach, wie er der Familie helfen könnte.

Saepe cogitabat quomodo familiae auxilium ferre posset.

Er dachte darüber nach, das Geld wieder für sie zu verdienen.

De pecunia iterum eis acquirenda cogitavit.

Er dachte darüber nach, das zu tun, was er früher für sie getan hatte.

Cogitavit de faciendo quod pro illis facere solebat.

In seinen Gedanken erschien der Bevollmächtigte wieder.

In cogitationes eius legatus auctorizatus rediit.

Und dieses Mal kam auch der Chef in die Wohnung.

Et hac vice dominus etiam ad apartmentum venit.

Und die Angestellten und die Lehrlinge waren auch da.

Et scribae et discipuli ibi quoque aderant.

Sogar der etwas begriffsstutzige Büroangestellte kam, um ihn zu sehen.

Etiam servus officii tardus ingenio ad eum venit.

Es waren zwei oder drei Freunde aus anderen Branchen dabei.

Erant duo vel tres amici ex aliis negotiis.

Eine der Zimmermädchen aus einem Hotel in der Provinz.

Una ex ancillis cubiculariis ex deversorio in provinciarum.

Eine kostbare und flüchtige Erinnerung, an der er festzuhalten versuchte.

Memoriam caram et fugacem quam retinere conátus est.

Eine Kassiererin aus einem Hutgeschäft, für die er Absichten hatte.

Arcarius ex taberna petariorum cui intentiones habebat.

Doch er war etwas zu langsam gewesen, um ihre Zustimmung zu gewinnen.

Sed paulo nimis tardus fuerat ad eius approbationem conciliandam.

Sie alle tauchten in seinen Gedanken auf, vermischt mit Fremden.

Omnes in cogitationibus eius apparuerunt, cum ignotis mixti.

Und andere erschienen nicht; sie waren bereits vergessen.

Et alii non apparuerunt; iam obliti erant.

Aber sie halfen weder ihm noch seiner Familie.

Sed neque ei neque familiae auxilium tulerunt.

Sie waren unzugänglich, und er war froh, als sie weg waren.

Inaccessibiles erant, et laetus erat cum abierunt.

Er war nicht immer in der Stimmung, sich Sorgen um die Familie zu machen.

Non semper animo erat ut de familia sollicitus esset.

Und er war voller Wut über die mangelnde Aufmerksamkeit.

Et ira repletus est ob neglegentiam.

Und er konnte sich nichts vorstellen, worauf er Appetit hätte.

Nec quicquam quod appetitum haberet, imaginari poterat.

Doch er schmiedete trotzdem Pläne, in die Speisekammer einzubrechen.

Sed tamen consilia in cellam penariam irrumpendi cepit.

Und er würde sich alles nehmen, was ihm zustand.

Et omnia quae meruerat accepturus erat.

Die Schwester bemühte sich nicht mehr besonders um ihn.

Soror iam nullum specialem pro eo conatum praebebat.

Sie verschwendete keine Zeit mehr damit, darüber nachzudenken, wie sie ihm gefallen könnte.

Non iam tempus cogitando de eo placendo terebat.

Vor der Arbeit schob sie schnell etwas zu essen ins Zimmer.

Ante laborem celeriter cibum in cubiculum impulit.

Und am Abend kehrte sie die Essensreste schnell wieder zusammen.

Et vesperi iterum cibum celeriter scopis collegit.

Ob er gegessen hatte oder nicht, bemerkte sie nicht mehr.

Utrum edisset necne, iam non animadvertebat.

In den meisten Fällen blieb das Essen nun unberührt.

Saepe nunc cibus intactus relinquebatur.

Abends huschte sie immer noch schnell durch den Raum.

Illa tamen celeriter per cubiculum vesperi vagabatur.

Doch nun tat sie nur das Nötigste, und zwar so schnell wie möglich.

Sed nunc minimum, quam celerrime, fecit.

An den Mauern zogen sich Spuren von Schmutz entlang.

Striae pulveris per muros currentes relictae sunt.

Auf dem Boden lagen Staub- und Müllklumpen.

Globi pulveris et quisquiliarum in solo iacentes relicti sunt.

Gregor missbilligte ihre Nachlässigkeit.

Gregor eius neglegentiam suam improbationem ostendit.

Er drehte sich in einem besonders markanten Winkel.

Ad angulum praecipue significantem se vertit.

Aber er hätte wochenlang in dieser Position bleiben können.

Sed in loco per hebdomades manere potuisset.

Seine Schwester hätte seine Unzufriedenheit nicht bemerkt.

Soror eius displicentiam eius non animadvertisset.

Sie sah den Dreck genauso gut wie er, wenn nicht sogar besser.

Lutum aeque bene ac ille, si non melius, videbat.

Aber sie hatte beschlossen, den Dreck dort zu lassen, wo er war.

Sed decreverat terram ibi relinquere.

Damals entwickelte sie eine völlig neue Sensibilität.

Eo tempore novam omnino sensibilitatem assumpsit.

Sie hatte es sich zur Aufgabe gemacht, Gregors Zimmer zu reinigen.

Cubiculum Gregorii purgandum sibi fecerat.

Die Familie war von ihrer freundlichen Rücksichtnahme sehr berührt.

Familia eius benignitate commota est.

Einst hatte die Mutter sein Zimmer gründlich gereinigt.

Olim, mater cubiculum eius diligenter purgaverat.

Erst nachdem sie mehrere Eimer Wasser verbraucht hatte, gelang es ihr.

Tantum post paucas situlas aquae adhibitas, ei successit.

Die neu aufgetretene Feuchtigkeit im Zimmer schadete Gregor jedoch.

Nova autem umor in cubiculo Gregorio nocuit.

Und er lag breitbeinig, verbittert und regungslos auf dem Sofa.

Et late, amarus et immobilis in lecto iacebat.

Doch das war nur ihre erste Strafe für ihre Hilfeleistung.

Sed ea tantum prima poena ob auxilium erat.

Die Schwester bemerkte schnell die Veränderung in Gregors Zimmer.

Soror mutationem in cubiculo Gregorii celeriter animadvertit.

Und sie rannte, zutiefst beleidigt, ins Wohnzimmer.

Et in atrium cucurrit, vehementer offensa.

Ihre Mutter hob die Hände und versuchte, sie zu beschwören.

Mater eius manus sustulit et eam obsecrare conata est.

Doch trotz einer aufrichtigen Erklärung brach sie in Tränen aus.

Sed quamquam sincera explicatio data est, in lacrimas prorupit.

Der Vater erschrak natürlich und fuhr aus seinem Stuhl hoch.

Pater utique e sella sua expavit.

Und die beiden Eltern schauten fassungslos und hilflos zu.

Et duo parentes, attoniti et impotentes, spectabant.

Und schließlich gerieten auch ihre Gefühle in Aufruhr.

Et tandem eorum quoque animi perturbati sunt.

Der Vater warf der Mutter vor, was sie getan hatte.

Pater matrem ob ea quae fecerat exprobravit.

"Du hättest das Zimmer Grete zum Putzen überlassen sollen."

"Cubiculum relinquere debuisti ut Greta purgaret."

Grete schrie die Mutter an, weil sie sein Zimmer aufgeräumt hatte.

Grete matri clamavit quod cubiculum eius purgaverat.

„Du darfst sein Zimmer nie wieder putzen!"

"Numquam iterum tibi licet cubiculum eius purgare!"

Die Mutter versuchte, den Vater ins Schlafzimmer zu zerren.

Mater patrem in cubiculum trahere conata est.

Die Schwester blieb zitternd und schluchzend im Zimmer zurück.

Soror in cubiculo relicta est, tremens et singultiens.

Und sie hämmerte mit ihren kleinen Fäustchen auf den Tisch.

Et mensam parvis pugnis percussit.

Und Gregor zischte sie alle lautstark vor Wut an.

Et Gregor iratus omnibus magnopere sibilavit.

Warum war niemand auf die Idee gekommen, ihm die Tür zu schließen?

Cur nemo de ianua illi claudenda cogitaverat?

Sie hätten ihm diesen Anblick und Lärm ersparen können.

Hoc spectaculo et strepitu ei parcere potuissent.

Die Schwester war erschöpft, als sie von der Arbeit nach Hause kam.

Soror, postquam ex opere domum rediit, defessa erat.

Und die Betreuung von Gregor bedeutete für sie noch mehr Arbeit.

Et curare post Gregorem ei etiam plus laboris erat.

Das bedeutete aber nicht, dass die Mutter es hätte tun sollen.

Sed hoc non significabat matrem id facere debuisse.

Gregor hingegen sollte nicht vernachlässigt werden.

Gregorius, contra, neglegi non debet.

Aber jetzt hatten sie ein neues Dienstmädchen, das solche Dinge tun konnte.

Sed nunc novam ancillam habebant quae talia facere posset.

Eine ältere Witwe mit kräftigem Knochenbau.

Vidua anus, quae robusta ossea structura praedita erat.

Eine Statur, die ihr half, ihr schwieriges Leben zu überstehen.

Statura quae ei adiuvit ut vitam difficilem superviveret.

Sie hatte keine wirkliche Abneigung gegen Gregors Erscheinung.

Nullam veram aversionem erga Gregorii aspectum habebat.

Sie hatte versehentlich die Tür zu Gregors Zimmer geöffnet.

Ianuam cubiculi Gregorii casu aperuerat.

Es geschah nicht aus besonderer Neugierde bezüglich des Zimmers.

Non erat ex ulla curiositate peculiari de cubiculo.

Sie tat lediglich ihre Arbeit und öffnete dabei zufällig die Tür.

Officium suum tantum faciebat, et forte ianuam aperuit.

Gregor war natürlich völlig überrascht von ihr.

Gregor, scilicet, ab ea prorsus attonitus est.

Er wurde nicht verfolgt, aber er rannte hin und her.

Non persequebatur, sed huc illuc cucurrit.

Und sie verschränkte einfach die Arme und sah ihm beim Krabbeln zu.

Et bracchia tantum complicuit, et eum repentem observavit.

Seitdem hat sie ihm immer einen Spaltbreit die Tür
geöffnet.

Ex eo tempore, semper ei ianuam paulum aperuit.

Eines Morgens schaute sie nach ihm, um zu sehen, wie es
ihm ging.

Mane semel inspexit ut videret quomodo se haberet.

Und am Abend sah sie nach ihm, bevor sie ging.

Vespere autem, antequam discederet, eum inspexit.

Zuerst versuchte sie auch, ihn zu sich zu rufen.

Primo etiam conata est eum vocare ut ad se veniret.

„Komm her, du alter Mistkäfer!", pflegte sie zu sagen.

"Veni huc, vetus scarabaeus!" dicere solebat.

Oder sie sagte freundlich: „Schau dir den alten Mistkäfer
an!"

Aut dixit, "ecce vetulum scarabaeum stercorarium!", amica.

Gregor reagierte nie darauf, wenn man so mit ihm sprach.

Gregor numquam eo modo alloquebatur.

Er blieb stehen, ohne sich zu rühren, und ignorierte sie.

Ibi mansit, immotus, eamque neglexit.

„Wenn man ihr doch nur gesagt hätte, wie man ihre Arbeit
richtig macht."

"Utinam ei dictum esset quomodo officium suum recte
exsequeretur."

„Anstatt mich zu belästigen, sollte sie lieber mein Zimmer
aufräumen."

"Loco me vexandi, cubiculum meum mundare debet."

Eines Morgens prasselte ein heftiger Regenguss gegen die
Fenster.

Quodam mane primo imber gravis fenestras percussit.

Vielleicht war der Regen bereits ein Zeichen für den
kommenden Frühling.

Forsitan pluvia iam signum erat veris imminentis.

Das Dienstmädchen begann wieder auf diese Weise mit ihm
zu sprechen.

Ancilla iterum eo modo cum eo loqui coepit.

Gregor war so verbittert, dass er sich umdrehte und ihr ins
Gesicht sah.

Gregor adeo amarus erat ut se ad eam convertit.
**Er war langsam und gebrechlich, aber es war eine Art
Angriff.**
Tardus et infirmus erat, sed impetus quodammodo erat.
**Das Dienstmädchen hingegen hatte überhaupt keine Angst
vor Gregor.**
Ancilla autem Gregorem omnino non timebat.
**Stattdessen hob sie einen Stuhl hoch, der in der Nähe der
Tür stand.**
Potius, sellam quae prope ianuam erat sustulit.
Und sie stand da, ganz ruhig, mit weit geöffnetem Mund.
Et ibi stetit, placide, ore hiante.
**Ihre Absichten waren klar, das konnte sogar Gregor
erkennen.**
Eius consilia manifesta erant, etiam Gregor id videre poterat.
**Und er drehte sich langsam um und kehrte zu seinem
ursprünglichen Platz zurück.**
Et se convertit, lente, ad pristinum locum.
"Sie wollen also nicht näher kommen, oder?"
"Ergo propius accedere non vis, nonne?"
Und sie stellte den Stuhl leise wieder in die Ecke.
Et tacite sellam in angulum reposuit.

Gregor aß kaum noch etwas.
Gregor vix quicquam iam edebat.
**Manchmal blieb er bei seinen Rundgängen im Zimmer
stehen.**
Interdum, dum per cubiculum ambulabat, subsistebat.
Und er befand sich neben dem für ihn zubereiteten Essen.
Et se iuxta cibum sibi paratum invenit.
**Er steckte sich das Essen in den Mund, aber nur, um damit
zu spielen.**
Cibum in os posuit, sed tantum ut cum eo luderet.
**Und nicht selten spuckte er es nach ein paar Stunden wieder
aus.**
Et saepe post paucas horas iterum id exspuebat.

Er versuchte, einen Grund für seinen Appetitverlust zu finden.

Causam suae appetitus inopiae quaerere conatus est.

Vielleicht, weil er mit dem Zustand seines Zimmers unzufrieden war.

Fortasse quia de statu cubiculi sui tristis erat.

Aber er hatte sich mit den Veränderungen im Raum abgefunden.

Sed mutationes in cubiculo ad consensum venerat.

In letzter Zeit hatte sich sein Zimmer in eine Art Abstellraum verwandelt.

Nuper cubiculum eius quoddam horreum factum erat.

Sie hatten sich angewöhnt, Dinge dort liegen zu lassen.

Consueverant ibi res relinquere.

Und nun lagen noch viele solcher Dinge in seinem Zimmer.

Et multae nunc talia in cubiculo eius relictae erant.

Weil ein Zimmer der Wohnung vermietet worden war.

Quia una camera aedificii locata erat.

Drei ernsthafte Herren mieteten das Zimmer gemeinsam.

Tres viri studiosi cubiculum una conducebant.

Gregor hat sie einmal durch einen Türspalt erblickt.

Gregor eos olim per rimam in ianua animadvertit.

Sie trugen Vollbärte und waren penibel gekleidet.

Barbas denses habebant et diligenter vestiti erant.

Sie achteten penibel darauf, dass alles ordentlich blieb.

Diligenter curabant ut omnia ordinata servarent.

Ihr Hang zur Ordnung beschränkte sich nicht nur auf ihr Zimmer.

Eorum instantia in munditia non in cubiculo eorum desiit.

Die gesamte Wohnung musste tadellos sauber gehalten werden.

Totum apartmentum perfecte mundum conservandum erat.

Sie legten sogar noch mehr Wert auf das Aussehen der Küche.

De aspectu culinae etiam fastidiosiores erant.

Und unnötigen Unrat konnten sie nicht dulden.

Et ullam confusionem superfluam tolerare non poterant.

Sie hatten auch ihre eigenen Möbel mitgebracht.
Sua quoque supellectilia secum attulerant.
Aus diesem Grund waren viele Dinge überflüssig geworden.
Ob hanc causam, multa superflua facta sunt.
Das waren Dinge, für die niemand Geld bezahlen würde.
Erant res pro quibus nemo pecuniam daret.
Die Familie wollte diese Dinge aber auch nicht wegwerfen.
Sed familia quoque has res abicere nolebat.
All diese Dinge landeten irgendwo in Gregors Zimmer.
Haec omnia alicubi in cubiculum Gregorii abiit.
Der Aschenbecher aus der Küche stand nun in seinem Zimmer.
Cinerarium e culina nunc in cubiculo eius servabatur.
Und der Müll wurde bis zum Abholtag in seinem Zimmer aufbewahrt.
Et quisquiliae in cubiculo eius usque ad diem quisquiliarum servatae sunt.
Das Dienstmädchen warf alles, was sie nicht brauchte, in sein Zimmer.
Ancilla quidquid non opus erat in cubiculum eius iecit.
Zum Glück sah er nichts weiter als die Hand und den Gegenstand.
Fortunate nihil plus quam manum et rem vidit.
Sie hatte wahrscheinlich vor, die Sachen später abzuholen.
Probabiliter postea pro rebus illis redire voluit.
Oder vielleicht wollte sie einfach alles auf einmal wegwerfen.
Aut fortasse omnia uno impetu abicere voluit.
Doch alles blieb dort, wo es ursprünglich gelandet war.
Omnia tamen ubi primum consederant manebant.
Es sei denn, Gregor bewegte den Schrott, indem er sich hindurchzwängte.
Nisi Gregor quisquilias per eas serpendo movit.
Zuerst musste er sich durch den ganzen Schrott hindurchkriechen.
Primo coactus est per omnes quisquilias repere.

Es gab für ihn keine Möglichkeit, dies zu vermeiden.
Nulla ei erat facultas hoc vitandi.
Später fand er jedoch tatsächlich Freude an dieser Tätigkeit.
Sed postea revera voluptatem in hac actione invenit.
Diese Anstrengung hinterließ ihn jedoch traurig und zutiefst erschöpft.
Quamquam talis labor eum tristem et graviter fessum reliquit.
Und danach war er viele Stunden lang bewegungsunfähig.
Et postea per multas horas movere non potuit.
Die Untermieter aßen manchmal im Wohnzimmer.
Inquilini interdum in atrio cibum sumebant.
Die Wohnzimmertür blieb an diesen Abenden geschlossen.
Ianua cubiculi illis vesperis clausa manebat.
Gregor hatte aber keine Schwierigkeiten, die Tür jetzt nicht zu öffnen.
Sed Gregorius nullam difficultatem habebat quin nunc ianuam aperiret.
Selbst wenn die Tür offen war, schaute er nicht immer hinaus.
Etiam cum ianua aperta esset, non semper prospiciens erat.
Doch er legte sich in die dunkelste Ecke des Zimmers.
Sed se in obscurissimo cubiculi angulo procubuit.
Auch der Familie fiel seine mangelnde Aufmerksamkeit nicht auf.
Familia quoque eius inattentionis non animadvertit.
Doch einmal ließ das Dienstmädchen die Tür offen.
Sed semel ancilla ianuam apertam reliquit.
Die Tür blieb auch dann offen, als die Mieter zurückkehrten.
Ianua aperta mansit etiam cum inquilini redierunt.
Und die Tür war offen, als das Licht eingeschaltet wurde.
Et ianua aperta erat cum lumen accensum est.
Der Mann saß an dem Tisch, an dem die Familie zu Abend aß.
Vir ad mensam sedebat ubi familia cenaverat.
Vater, Mutter und Gregor saßen dort in früheren Zeiten.
Pater, mater et Gregor ibi olim sedebant.

Sie entfalteten die Servietten und nahmen Messer und Gabeln.

Mappas explicaverunt, et cultros furcasque ceperunt.

Die Mutter erschien mit einer Schüssel Fleisch in der Tür.

Mater in limine cum patina carnis apparuit.

Dann kam die Schwester mit einer Schüssel voller Kartoffeln herein.

Tum soror cum patina plena solanorum intravit.

Die Untermieter beugten sich über die vor ihnen aufgestellten Schüsseln.

Inquilini super crateras ante se positas inclinaverunt.

Der dichte Rauch des Essens stieg ihnen bis in die Nasen.

Crassus fumus cibi ad nares eorum ascendit.

Aber sie hatten noch nicht entschieden, ob sie das Essen essen würden.

Sed nondum constituerant utrum cibum ederent necne.

Vielleicht würden sie das Essen zurück in die Küche schicken.

Fortasse cibum in culinam remitterent.

Der Mann in der Mitte schien die Autoritätsperson zu sein.

Vir in medio sedens auctoritas esse videbatur.

Er schnitt das Fleisch an, um festzustellen, ob es zart genug war.

Carnem secuit ut exploraret num satis tenera esset.

Er war zufrieden mit dem Geruch und Aussehen des Essens.

Olfactu et specie cibi contentus erat.

Die Mutter und die Schwester hatten sie ängstlich beobachtet.

Mater et soror eos anxie observabant.

Und sie begannen zu lächeln, begleitet von einem Seufzer der aufgestauten Erleichterung.

Et cum suspirio augmentatae solatii subridere coeperunt.

Die Familie selbst wollte in der Küche essen.

Ipsa familia in culina cenatura erat.

Doch zuerst ging der Vater nach den Untermietern sehen.

Sed primum pater ivit ad inquilinos visitandos.

Er verbeugte sich einmal und hielt dabei seine Arbeitsmütze in der Hand.

Semel inclinavit se, pileum ex opere manu tenens.

Und er ging einmal im Kreis um den Tisch herum, zu jedem Gast.

Et circum mensam circulum ambulavit, ad singulos hospites

Die Untermieter standen alle auf und murmelten in ihre Bärte.

Inquilini omnes surrexerunt, in barbas mussitantes.

Nachdem er gegangen war, aßen sie in fast völliger Stille.

Postquam ille discesserat, paene omni silentio manducaverunt.

Gregor fand es seltsam, dass er Kaugeräusche hörte.

Gregori mirum videbatur quod mordacem audire posset.

Kein anderer Aspekt des Essens schien Geräusche zu verursachen.

Nulla alia pars edendi sonum ullum producere videbatur.

Aber er konnte deutlich hören, wie Zähne aufeinander knirschten.

Sed dentes stridentes inter se distincte audire poterat.

Sie schienen ihm sagen zu wollen, dass er Zähne zum Essen brauche.

Videbantur ei dicere dentes sibi opus esse ad edendum.

"Ohne Zähne im Kiefer kann man gar nichts machen."

"Nihil facere potes si maxillae tuae edentulae sunt."

„Ich möchte etwas essen", sagte Gregor ängstlich.

"Aliquid edere velim," dixit Gregor anxius.

„Aber ich habe keinen Appetit auf das, was ihr alle esst."

"Sed nullam habeo appetitum eorum quae omnes editis."

„Seht euch an, wie diese Mieter essen, und ich verhungere hier."

"Ecce hos inquilinos edere, et ego hic esurio."

Gregor dachte an diesem Abend zufällig an die Geige.

Gregor forte de violina illa vespera cogitavit.

Er hatte die Geige seit der Verwandlung nicht mehr gehört.

Violinam ex quo transformatio facta est non audiverat.

Doch dann, an diesem Abend, ertönte ein Geräusch aus der Küche.
Sed tum, hac vespera, sonus e culina venit.
Die Herren hatten ihr Abendessen bereits beendet.
Viri iam cenam vespertinam consumpserant.
Der mittlere Herr hatte begonnen, eine Zeitung zu lesen.
Medius vir diarium legere coeperat.
Den beiden anderen Herren hatte er jeweils ein Blatt gegeben.
Ceteris duobus viris singulis linteum dederat.
Und nun lehnten sie sich zurück, lasen und rauchten.
Et nunc recumbentes legebant et fumabant.
Als die Geige zu spielen begann, wurden sie aufmerksam.
Cum violina canere coepisset, attenti facti sunt.
Sie standen auf und gingen auf Zehenspitzen zur Tür des Vorzimmers.
Surrexerunt et digitis pedum ad ostium vestibuli ambulaverunt.
Hier standen sie eng beieinander und lauschten an der Tür.
Hic stabant inter se conferti, ad ianuam auscultantes.
Die Familie muss die Männer aus der Küche gehört haben.
Familia viros e culina audisse debet.
Denn der Vater rief sie und fragte sie:
Pater enim eos vocavit et rogavit;
"Ist die Geige für die Herren vielleicht unbequem?"
"Num fortasse violina incommoda est viris?"
„Wenn Ihnen die Musik nicht gefällt, können wir sofort aufhören.“
"Si musica tibi non placet, statim desistere possumus."
„Im Gegenteil“, sagte der mittlere der beiden Herren.
"Immo vero," dixit medius ex viris.
Möchte die junge Dame in unserem Zimmer Geige spielen?
"Vultne puella violinam in cubiculo nostro canere?"
„Hier ist es definitiv viel komfortabler und gemütlicher.“
"Hic certe multo commodius et iucundius est."
Der Vater antwortete, als wäre er selbst der Geiger.
Pater respondit quasi ipse violinista esset.

"Oh bitte, das wäre wunderbar", rief der Vater.

"O quaeso, hoc mirabile esset," clamavit pater.

Die Herren kehrten ins Wohnzimmer zurück und warteten.

Viri in atrium redierunt et exspectaverunt.

Bald darauf kam der Vater mit dem Notenständer ins Zimmer.

Mox pater cum pupitro musico cubiculum intravit.

Die Mutter kam mit dem Notenbuch ins Zimmer.

Mater cum libro musicae in cubiculum intravit.

Und die Schwester kam mit der Geige ins Zimmer.

Et soror cum violina in cubiculum intravit.

Sie bereitete in aller Ruhe alles vor, um Geige zu spielen.

Omnia placide ad violinam ludendam paravit.

Die Eltern übertrieben ihre Höflichkeit und ihr Benehmen.

Parentes comitatem et mores suos exaggeraverunt.

Sie hatten zuvor noch nie Zimmer an Untermieter vermietet.

Numquam antea cubicula incolis locaverant.

Und sie trauten sich nicht einmal, auf ihren eigenen Stühlen zu sitzen.

Nec ausi sunt quidem in suis ipsius sellis sedere.

Statt sich hinzusetzen, lehnte sich der Vater gegen die Tür.

Loco sedendi, pater ad ianuam incubuit.

Seine rechte Hand befand sich zwischen zwei Knöpfen seines Mantels.

Dextra manus eius inter duos fibulae tunicae erat.

Der Mutter wurde jedoch von einem Herrn ein Stuhl angeboten.

Matri tamen sellam a viro quodam oblatam accepit.

Aber sie setzte sich an die Stelle, wo der Herr den Stuhl hingestellt hatte.

Sed illa sedit ubi dominus sellam posuerat.

Und er hatte den Stuhl nicht an einem bestimmten Ort aufgestellt.

Nec sellam alicubi particulari posuerat.

So saß die Mutter abseits von allen anderen in einer Ecke.

Ita mater ab omnibus seorsum, in angulo sedebat.

Und schließlich begann die Schwester Geige zu spielen.

Et tandem soror violinam ludere coepit.

Die Eltern auf den gegenüberliegenden Seiten beobachteten das Geschehen aufmerksam.

Parentes, ex adversis partibus, diligenter attendebant.

Und sie beobachteten jede Bewegung ihrer Hand genau.

Et omnem motum manus eius diligenter observabant.

Gregor war auch vom Geigenspiel fasziniert.

Gregorium etiam violinae cantu adliciebatur.

Und er wagte sich ein Stück weiter aus seinem Zimmer hinaus.

Et paulo longius e cubiculo suo egressus est.

Er hatte den Kopf schon im Wohnzimmer.

Iam capite in atrio erat.

Er war stets sehr stolz darauf, besonders rücksichtsvoll zu sein.

Magnopere gloriabatur quod esset valde consideratus.

Doch in letzter Zeit hinterfragte er seine Nachlässigkeit kaum noch.

Sed nuper vix incurabilitatem suam in dubium vocavit.

Auch wenn er jetzt mehr Grund hatte, sich zu verstecken als zuvor.

Quamquam plus causae habebat se occultandi nunc quam antea.

Weil sein Zimmer mit Staub und allerlei Schmutz bedeckt war.

Quia cubiculum eius pulvere et variis sordibus tectum erat.

Die geringste Bewegung wirbelte allerlei Schmutz auf.

Minimus motus omne genus sordium suscitabat.

Der ganze Dreck klebte an ihm: Staub, Haare, Essensreste.

Omnis haec sordes ei adhaesit; pulvis, capilli, reliquiae cibus.

Er hätte den Schmutz am Teppich abreiben können.

Pulverem in tapete defricare potuisset.

Das tat er mehrmals täglich.

Hoc erat aliquid quod pluries cotidie facere solebat.

Doch seine Gleichgültigkeit gegenüber allem war viel zu groß.

Sed eius indifferentia erga omnia nimis magna erat.

Deshalb hatte er keine Angst, noch ein Stück weiterzugehen.

Ita non timuit paulo ulterius progredi.

Und er betrat den makellosen Wohnzimmerboden.

Et ad pavimentum immaculatum conclavis se contulit.

Doch niemand bemerkte ihn oder schenkte ihm Beachtung.

Nemo tamen eum animadvertit, aut ullam attentionem ei praebuit.

Die Familie war völlig in das Konzert vertieft.

Familia omnino concentu intenta erat.

Die Herren hingegen zogen sich zunächst zurück.

Viri, contra, initio se receperunt.

Und sie standen dicht hinter dem Notenständer der Schwester.

Et prope post pupitrum musicum sororis steterunt.

Wenn sie hingesehen hätten, hätten sie die Noten sehen können.

Si aspexissent, notas musicas videre potuissent.

Dies hätte die Schwester natürlich beunruhigt.

Hoc, scilicet, sororem perturbavisset.

Dann blieben sie am Fenster stehen, anstatt sich hinzusetzen.

Tum ad fenestram steterunt, potius quam consederunt.

Mit den Händen in den Taschen redeten sie weiter.

Manibus in sinibus, loqui pergebant.

Sie blieben dort, während der Vater ängstlich zusah.

Ibi manebant, dum pater anxius observabat.

Man hatte den Eindruck, dass sie andere Erwartungen hatten.

Aliquis habebat impressio alias eos habere exspectationes.

Und es schien wirklich so, als wären sie enttäuscht gewesen.

Et vere videbatur quasi decepti essent.

Es schien, als hätten sie genug von der Vorstellung.

Videbatur quasi satis spectaculi eis fuerit.

Sie hatten zugelassen, dass die Geige ihren Frieden störte.

Passi erant ut violina pacem eorum turbaret.

Und sie tolerierten die Musik nur aus Höflichkeit.

Et musicam solum ex comitate toleraverunt.

Besonders beunruhigend war, wie sie den Rauch wegbliesen.

Quomodo fumum absterserint, maxime perturbans erat.

Und dennoch spielte sie so wunderschön Geige.

Et tamen tam pulchre violinam canebat.

Ihr Gesicht war leicht zur Seite geneigt, auf der Geige.

Facies eius leniter ad latus inclinata erat, in fidicula.

Ihr Blick wanderte traurig die Notenlinien entlang.

Oculi eius tristis per lineas musicae scrutabantur.

Gregor fühlte sich ein wenig mehr ins Wohnzimmer hineingezogen.

Gregor se paulo magis in atrium tractum sensit.

Er hielt den Kopf dicht am Boden, blickte aber nach oben.

Caput prope terram tenuit, sed sursum aspexit.

Vielleicht würde sich so der Blick seiner Schwester mit seinem treffen.

Fortasse hoc modo obtutus sororis eius oculis eius occurreret.

Kann man wirklich sagen, dass er nur ein Tier war?

Num vere dici potest eum tantum animal fuisse?

War er etwa ein Tier, wenn ihn Musik so fesseln konnte?

Num animal erat, si musica eum ita captivare potuit?

Er hatte das Gefühl, ihm sei ein Weg zu unbekannter Nahrung gezeigt worden.

Viam ad ignotum alimonum sibi monstratam esse sensit.

Vielleicht war dies die Nahrung, die ihm fehlte.

Forsitan hoc erat alimentum quod ei deerat.

Er war fest entschlossen, zu seiner Schwester zu gelangen.

Decreverat se ad sororem progredi.

Er wollte an ihrem Rock zupfen, um ihre Aufmerksamkeit zu erregen.

Voluit tunicam eius trahere ut eius attentionem ad se converteret.

Er wollte ihr eine Art Einladung signalisieren.

Voluit ei signum invitationis dare.

„Komm und spiel Geige in meinem Zimmer", wollte er sagen.

"Veni et violinam in cubiculo meo cane," dicere voluit.

Er wollte, dass sie für ihre wunderschöne Musik belohnt wird.

Voluit eam pro pulchra musica sua praemium accipere.

"Niemand hier belohnt dich dafür, dass du Geige spielst."

"Nemo hic te remunerat quod violinam ludis."

Er wollte sie nicht mehr aus seinem Zimmer lassen.

Nolebat eam amplius e cubiculo suo dimittere.

Er wollte, dass sie so lange bei ihm blieb, wie er lebte.

Voluit eam secum manere quamdiu viveret.

Zum ersten Mal hatte seine Verwandlung einen Vorteil.

Primum transformatio eius beneficium habuit.

Seine Missbildung würde ihm nun endlich noch von Nutzen sein.

Deformitas eius ei tandem utilis futura erat.

Er wollte gleichzeitig an allen vier Türen sein.

Ad omnes quattuor ianuas simul esse voluit.

Er wollte sie von allen Seiten anfauchen und anspucken.

Ex omni angulo eos sibilare et conspuere cupiebat.

Seine Schwester sollte nicht gezwungen werden, bei ihm zu bleiben.

Soror eius non cogi debet apud eum manere.

Er wollte, dass sie sich freiwillig dafür entschied, bei ihm zu bleiben.

Voluit ut illa sponte secum manere eligeret.

Sie wollte sich neben ihn setzen und sich zu ihm hinunterbeugen.

Iuxta eum consessura et ad eum inclinatura erat.

Und er wollte ihr von der Musikschule erzählen.

Et de schola musicae ei narraturus erat.

Er hatte die feste Absicht, sie auf die Akademie zu schicken.

Firmum habebat consilium eam ad academiam mittere.

Das hätte er allen schon letztes Weihnachten erzählt.

De hoc ultimo Natale omnibus narravisset.

War Weihnachten etwa schon wieder vorbei?

Num vere Natalis Domini iam iterum venerat et abierat?

Und er hätte sich von niemandem davon abbringen lassen.

Nec passus esset quemquam eum ab hoc deterrere.

Doch dann setzte das Unglück allem ein Ende.

Sed tum infelix casus omnia intermisit.

Die Schwester wäre von ihren Gefühlen überwältigt gewesen.

Soror affectu oppressa fuisset.

Und dann wäre Gregor bis auf ihre Schulter geklettert.

Et tum Gregor ad humerum eius ascenderat.

Und er hätte sie getröstet, indem er ihren Hals geküsst hätte.

Et eam consolatus esset osculando collum eius.

„Herr Samsa!", rief der Mann in der Mitte dem Vater zu.

"Domine Samsa!" vir medius patrem clamavit.

Er zeigte mit dem Zeigefinger nach unten auf Gregor.

Digito indice deorsum ad Gregorium monstrabat.

Gregor bewegte sich langsam über den Wohnzimmerboden.

Gregorius per pavimentum conclavis lente movebatur.

Das Geigenspiel verstummte sehr schnell.

Lusus violinae celerrime siluit.

Der mittlere der drei Männer lächelte seine Freunde an.

Medius trium virorum amicis suis subrisit.

Dann schüttelte er den Kopf und blickte zurück zu Gregor.

Tum caput quassans, ad Gregorium respexit.

Der Vater hätte Gregor zurück in sein Zimmer schicken können.

Pater Gregorem in cubiculum suum cogere potuisset.

Das war jedoch nicht die erste Maßnahme, zu der er sich entschloss.

Sed non ea prima actio erat quam constituerat.

Er hielt es für wichtiger, die Herren zu beruhigen.

Magis momenti esse putavit viros tranquillizare.

Obwohl sie von Gregor eigentlich überhaupt nicht verärgert waren.

Quamquam a Gregore minime commoti sunt.

Gregor schien unterhaltsamer als das Geigenspiel.

Gregorius iucundius quam violina canens videbatur.

Er eilte mit ausgestreckten Armen auf sie zu.

Ad eos cucurrit, bracchiis porrectis.

Er gab sein Bestes, um ihren Blick auf Gregor zu verbergen.

Pro viribus eorum opinionem Gregoris celare conabatur.

Und er versuchte, sie zur Rückkehr in ihr Zimmer zu bewegen.

Et conatus est eos in cubiculum suum reducere hortari.

Das hat sie eher ein wenig verärgert.

Si quid hoc revera eos paulum irritavit.

Es war aber schwer zu sagen, was genau sie störte.

Sed difficile erat dictu quid reapse eos vexaret.

Der Vater verdarb die abendliche Unterhaltung.

Pater oblectamenta noctis corrumpebat.

Aber sie hatten auch gerade erst von ihrem neuen Mitbewohner erfahren.

Sed etiam de novo contubernali modo cognoverant.

Sie hoben die Hände, genau wie der Vater es getan hatte.

Manus suas, sicut pater fecerat, sustulerunt.

Sie verlangten vom Vater eine sofortige Erklärung.

A patre statim explicationem postulaverunt.

Sie zupften unruhig an ihren Bärten, um eine Antwort zu bekommen.

Barbas suas inquiete responsum quaerentes trahebant.

Und sie bewegten sich rückwärts in ihr Zimmer, aber sehr langsam.

Et retrorsum ad cubiculum suum, sed perlentissime, processerunt.

Die Unterbrechung hatte die Schwester in eine Trance versetzt.

Interruptio sororem in stuporem perduxerat.

Sie ließ Geige und Bogen an ihrer Seite herabhängen.

Violinam et arcum ad latus suum pendere sivit.

Und sie blickte auf die Notenblätter, als ob sie immer noch spielen würde.

Et notam musicam quasi adhuc caneret aspexit.

Doch dann zog sie sich plötzlich wieder ins Zimmer zurück.

Sed tum subito se in cubiculum retraxit.

Und sie hatte nun das Gefühl, verloren zu sein, überwunden.

Et nunc sensum perditionis superaverat.

Sie legte das Musikinstrument auf den Schoß ihrer Mutter.

Instrumentum musicum in gremio matris posuit.

Die Mutter saß schwer atmend auf dem Stuhl.

Mater in sella sedebat, anhelans graviter.

Und dann musste die Schwester ins Nebenzimmer rennen.

Deinde soror in proximam cameram currere debuit.

Sie musste alles für die Herren vorbereiten.

Omnia viris parare debuit.

Sie warf die Decken und Kissen in die Luft.

Stragulas et pulvinaria in aera iecit.

Und mit ihren geschickten Händen richtete sie die gesamte Bettwäsche her.

Et peritis manibus omnia stragula disposuit.

Sie war schon fertig, bevor die Herren den Raum erreichten.

Finierat antequam viri cubiculum pervenerunt.

Und sie verschwand, bevor sie ihnen in die Quere kam.

Et elapsa est antequam eis obstaret.

Der Vater schien von seiner eigenen Sturheit beherrscht zu sein.

Pater sua pertinacia captus videbatur.

Und so vergaß er jeglichen Respekt, den er seinen Mietern schuldete.

Itaque omnem reverentiam quam colonis suis debebat oblitus est.

Er drängte und drängte, bis deren Sprecher Einspruch erhob.

Urgebat et urgebat donec orator eorum obstitit.

Als er die Tür erreichte, stampfte er wütend mit dem Fuß auf.

Iratus pedem pulsavit cum ad ianuam pervenisset.

Und damit brachte er den Vater zum Schweigen.

Atque ita patrem ad quietem adduxit.

„Hiermit erkläre ich", begann er sich an seinen Vermieter zu wenden.

"Hoc declaro," dominum suum alloqui coepit.

Und er hob die Hand und blickte die ganze Familie an.

Et manum sustulit, universam familiam aspiciens.

„Hinsichtlich der widerlichen Zustände im Zimmer;"
"De foedis condicionibus cubiculi;"
Und er sorgte dafür, dass alle seinen Worten zuhörten.
Et curavit ut omnes verba eius audirent.
"Hiermit kündige ich meinen Auszug aus meinem Zimmer."
"His nuntio me cubiculum meum vacuum facturum esse."
Und er unterstrich seine Aussage zusätzlich, indem er auf
den Boden spuckte.
Et ulterius sententiam suam demonstravit spuendo in terram.
„Auch die Tage, die ich hier gelebt habe, werde ich nicht
bezahlen."
"Nec pro diebus quibus hic vixi solvam."
Mit dieser Rückerstattung war er allerdings nicht ganz
zufrieden.
Non tamen hac restitutione pecuniae plene contentus erat.
„Und ich werde erwägen, weitere Forderungen an Sie zu
stellen."
"Et alias postulationes contra te facere considerabo."
„Glauben Sie mir, solche Forderungen lassen sich sehr leicht
rechtfertigen."
"Crede mihi, tales postulationes facile iustificabuntur."
Er schwieg und blickte den Vater direkt an.
Tacuit et recta in patrem aspexit.
Er schien zu erwarten, dass noch etwas passieren würde.
Aliquid amplius futurum exspectare videbatur.
Tatsächlich hatten seine beiden Freunde sofort die gleiche
Idee.
Re vera, duo amici eius statim eandem sententiam habuerunt.
„Wir stornieren auch unsere Zimmer", sagten sie unisono.
"Cubicula nostra quoque abrogamus," una voce dixerunt.
Dann packte er den Türgriff und schloss die Tür.
Tum manubrium ianuae prehendit et ianuam clausit.
Und mit einem lauten Knall schlossen sie sich in ihrem
Zimmer ein.
Et magno fragore se in cubiculo suo clauserunt.
Der Vater taumelte mit tastenden Händen zu seinem Stuhl.
Pater ad sellam suam titubanter manibus palpandis processit.

Und er ließ sich besiegt in den Stuhl fallen.

Et se victus in sellam cadere sivit.

Es sah so aus, als ob er seinen üblichen Abendschlaf halten würde.

Videbatur quasi ad solitum vespertinum quietem ire vellet.

Sein Kopf nickte jedoch fast so, als ob er nicht gestützt würde.

Sed caput eius annuit fere quasi non sustentatum esset.

Und man konnte sehen, dass er überhaupt nicht schlief.

Et videri poterat eum omnino non dormire.

Während all dem hatte Gregor sich nicht von der Stelle gerührt.

Per haec omnia Gregor de loco suo non mota erat.

Er befand sich noch immer an der Stelle, wo die Herren ihn zuerst gesehen hatten.

Adhuc erat ubi viri eum primum viderant.

Selbst wenn er umziehen wollte, fand er es unmöglich.

Etiam si migrare vellet, id ei impossibile invenit.

Entweder aus Enttäuschung oder aus Hunger.

Propter frustrationem, aut propter famem.

Er war enttäuscht über das Scheitern seines Plans.

Consilii sui infeliciter doluit. (or) Consilii sui infeliciter doluit.

Und er war geschwächt von dem anhaltenden Hunger, den er verspürte.

Et debilis erat prae diuturna fame quam sensit.

Er war sich sicher, dass sich jeden Moment alle gegen ihn wenden würden.

Certus erat omnes quovis momento in se conversuros esse.

In Erwartung des unmittelbar bevorstehenden Zusammenbruchs wartete er.

Hac exspectatione imminentis ruinae exspectavit.

Die Geige begann vom Schoß der Mutter zu rutschen.

Violina e gremio matris labi coepit.

Mit einem ohrenbetäubenden Geräusch fiel die Geige zu Boden.

Sono resonante violina in terram cecidit.

Doch selbst dieses plötzliche Krachen ließ ihn nicht erschrecken.

Sed ne hic quidem subitus sonitus fragorosus eum perterruit.

„Liebe Eltern", sagte die Schwester, „so kann es nicht weitergehen."

"Cari parentes," inquit soror, "hoc non potest pergere."

Und um ihrer Aussage Nachdruck zu verleihen, schlug sie mit der Hand auf den Tisch.

Et manum in mensam impingebat ut sententiam suam demonstraret.

"Ich werde den Namen meines Bruders vor diesem Monster nicht aussprechen."

"Nomen fratris mei non dicam coram hoc monstro."

„Deshalb sage ich es so deutlich wie möglich:"

"Ideo hoc quam apertissime dico:"

„Uns bleibt keine andere Wahl, als dieses Tier loszuwerden."

"Nulla nobis est optio nisi hoc animal abicere."

„Wir haben unser Bestes getan, um dieses Tier zu tolerieren und zu pflegen."

"Omnia quae nobis praesto erant fecimus ut hoc animal toleraremus et curaremus."

„Ich glaube nicht, dass uns irgendjemand auch nur im Geringsten die Schuld geben kann."

"Neminem, mea sententia, nos vel leviter culpare posse puto."

„Sie hat tausendfach Recht", stimmte der Vater zu.

"Millies recte dicit," assensus est pater.

Die Mutter hatte noch immer nicht wieder richtig Luft bekommen.

Mater nondum plene spiritum recuperaverat.

Sie begann dumpf in ihre Hand zu husten und atmete schwer.

Coepit hebete in manum tussire, graviter spirans.

Und in ihren Augen begann sich ein wahnsinniger Ausdruck abzuzeichnen.

Et vultus insanus in oculis eius emergere coepit.

Die Schwester eilte zu ihrer Mutter und hielt sich die Stirn.

Soror ad matrem cucurrit et frontem eius tenuit.

Der Vater schien von den Worten der Schwester inspiriert zu sein.

Pater verbis sororis inspiratus videbatur.

Und seine Gedanken schienen klarer als zuvor.

Et cogitationes eius clariores quam antea visae sunt.

Er hörte auf, mit dem Kopf zu nicken, und setzte sich wieder aufrecht hin.

Capite annuere desiit, et iterum erexit sedit.

Und er spielte, in tiefes Nachdenken versunken, mit der Mütze seines Dieners.

Et pileo servi sui lusit, altus cogitationibus suis.

Die Teller der Mieter standen noch auf dem Tisch.

Patinae a inquilinis adhuc in mensa erant.

Und manchmal blickte er zu dem schweigenden Gregor hinüber.

Et interdum ad tacitum Gregorium respexit.

„Wir müssen versuchen, es loszuwerden", sagte die Schwester zu ihm.

"Conari debemus id removere," soror ei dixit.

Die Mutter war zu sehr mit Husten beschäftigt, um zuzuhören.

Mater tussi nimis occupata erat ut audiret.

„Das wird euch beide umbringen, ich sehe es schon kommen."

"Utrumque vestrum interficiet; iam id adventurum praevidere possum."

„Wir können nicht alle weiterhin so hart arbeiten wie bisher."

"Non omnes tam strenue laborare possumus quam facimus."

„Und jeden Tag müssen wir nach Hause kommen und diese Qualen erleiden."

"Et quotidie ad hanc cruciatum domum redire debemus."

„Wir können das nicht mehr ertragen. Ich kann das nicht mehr ertragen."

"Iam non possumus ferre. Ego non possum ferre."

In einem letzten Tränenausbruch sank sie ihrer Mutter in die Arme.

Lacrimis ultimo prorumpens, ad matrem cecidit.

Die Tränen rannen ihr über das Gesicht und auf das ihrer Mutter.

Lacrimae per faciem eius et in faciem matris eius defluxerunt.

Und mit einer mechanischen Bewegung wischte sie sich die Tränen weg.

Et lacrimas motu mechanico abstersit.

„Mein Kind", sagte der Vater mitfühlend.

"Fili mi," inquit pater voce misericordiosa.

In seiner Stimme lag tiefes Mitgefühl und Verständnis.

Profunda misericordia et intellegentia in voce eius inerat.

„Aber was sollen wir tun?", gestand er und gab zu, es nicht zu wissen.

"Sed quid faciemus?" confessus est se nescire.

Die Schwester zuckte nur hilflos mit den Schultern.

Soror humeros tantum ex impotentia contraxit.

Und ihr anfängliches Selbstvertrauen wich erneut Tränen.

Et prior eius fiducia iterum lacrimis substituta est.

„Wenn er uns doch nur verstehen würde", sagte der Vater laut.

"Utinam nos intellegeret," pater clara voce dixit.

Und er fragte sich halb, ob Gregor es vielleicht verstanden hatte.

Et semi-dubitavit num forte Gregor intellexisset.

Die Schwester schüttelte unter Tränen heftig die Hand.

Soror, dum lacrimabat, manum vehementer quassavit.

Und so signalisierte sie, dass man diese Idee gar nicht erst in Erwägung ziehen sollte.

Itaque significavit ne de hac re cogitaretur.

„Aber wenn er uns doch nur verstehen würde", wiederholte der Vater.

"At si modo nos intellegeret," iteravit pater.

Er schloss die Augen und dachte über die Antwort seiner Schwester nach.

Oculis clausis responsum sororis consideravit.

"Wenn er verstünde, dass eine Vereinbarung mit ihm getroffen werden könnte."
"Si intellegeret pactum cum eo fieri posse."
„Aber unter den gegebenen Umständen…"
"Sed cum res ita se habeant…"
„Es muss weg!", rief die Schwester, „es ist der einzige Weg."
"Abire debet," clamavit soror, "sola via est."
„Du musst den Gedanken loswerden, dass es Gregor ist."
"Cogitationem Gregorii esse tibi removere necesse est."
„Dass wir das so lange geglaubt haben, ist unser eigentliches Unglück."
"Quod tam diu id credidimus, vera nostra infortunium est."
„Aber wie kann es Gregor sein?", fragte sie ihren Vater.
"Sed quomodo Gregor esse potest?" patrem rogavit.
„Er wusste, dass ein solches Tier nicht mit Menschen zusammenleben kann."
"Sciebat tale animal cum hominibus coexistere non posse."
„Gregor hätte uns schon längst freiwillig verlassen."
"Gregor nos iamdudum reliquisset, sponte."
„Das stimmt, dann hätten wir keinen Bruder mehr."
"Verum est, tum fratrem nobis nullum haberemus."
„Aber wir könnten weiterleben und sein Andenken ehren."
"Sed vivere et memoriam eius honorare pergere possemus."
„Aber dieses Ungeheuer verfolgt uns und vertreibt unsere Pächter."
"Sed haec bestia nos persequitur et incolas nostros abigit."
„Es will ganz offensichtlich die ganze Wohnung in Besitz nehmen."
"Manifesto totum apartmentum occupare vult."
„Dieses Biest will, dass wir auf der Straße schlafen."
"Haec bestia nos in via dormire cogere vult."
"Schau, Vater", rief sie plötzlich, "er bewegt sich schon wieder!"
"Ecce, pater," subito exclamavit, "iterum movetur!"
Und sie tat etwas, das selbst Gregor nicht verstehen konnte.
Et rem fecit quam ne Gregor quidem intellegere poterat.

Sie stieß sich von sich selbst ab, als wolle sie die Mutter opfern.

Se repulit, quasi matrem immolans.

Und sie rannte hinter ihrem Vater her, um sich in Sicherheit zu bringen.

Et post patrem cucurrit, ne quid salutis causa.

Der Vater war nur deshalb so aufgebracht, weil seine Tochter es war.

Pater solum perturbatus erat quia filia eius perturbabatur.

Doch dann stand auch er auf und hob die Arme über sie.

Sed tum etiam surrexit, et bracchia super eam sustulit.

Gregor hatte jedoch keinerlei Absicht gehabt, irgendjemanden zu erschrecken.

Sed Gregor nullum consilium habuerat quemquam terrere.

Er hatte insbesondere nicht die Absicht, seine Schwester zu erschrecken.

Praesertim nullas cogitationes sororem suam terrendi habebat.

Er wollte sich gerade umdrehen und zurück in sein Zimmer gehen.

Ille modo conabatur redire ad cubiculum suum.

Doch in seinem sich verschlechternden Zustand war selbst das schwierig.

Sed in peiore eius statu, etiam hoc difficile erat.

Und er konnte seine Beine nicht mehr vollumfänglich nutzen.

Nec iam omnibus cruribus suis plene uti poterat.

Also benutzte er seinen Kopf, um seinen Körper anzuheben und sich umzudrehen.

Itaque capite corpus levavit et se convertit.

Er hielt inne und suchte in der Familie nach deren Zustimmung.

Pausa facta, circumspiciens familiae approbationem quaesivit.

Seine guten Absichten schienen erkannt worden zu sein.

Bona eius intentio agnita esse visa est.

Seine Bewegung hatte sie nur kurzzeitig erschreckt.

Motus eius illis tantum momentum attonatus fuerat.

Nun blickten sie ihn alle in unglücklichem Schweigen an.

Nunc omnes eum infelici silentio aspiciebant.

Die Mutter lag noch immer erschöpft im Sessel.

Mater adhuc in cathedra, defessa, iacebat.

Vater und Schwester saßen nebeneinander.

Pater et soror iuxta se sedebant.

»Vielleicht lassen sie mich jetzt umdrehen«, dachte Gregor.

"Fortasse nunc me vertere sinent," cogitavit Gregor.

Und er setzte seine unbeholfene Drehbewegung fort.

Et motum suum ineptum conversionis facere perrexit.

Er konnte die gelegentlichen Atemzüge der Anstrengung nicht unterdrücken.

Interdum suspiria conatus supprimere non poterat.

Und er war gezwungen, zwischendurch ein paar Mal Pausen einzulegen.

Et coactus est bis quiescere interim.

Niemand drängte ihn jetzt zur Eile; es lag ganz bei ihm.

Nemo eum nunc festinare cogebat; ipsi relictum erat.

Schließlich vollendete er die langsame und schmerzhafte Drehung.

Tandem lentum et dolorosum conversionem perfecit.

Er machte sich sofort auf den Weg zurück in sein Zimmer.

Statim recta via ad cubiculum suum ambulare coepit.

Er war erstaunt darüber, wie weit er von seinem Zimmer entfernt war.

Miratus est quam procul a cubiculo suo abisset.

Wie war er trotz seiner Schwäche zuvor dorthin gelangt?

Quomodo, quamvis imbecille, eo antea pervenerat?

Er war fast denselben Weg gegangen, ohne es zu bemerken.

Fere eandem viam iter fecerat sine animadversione.

Er konzentrierte sich jetzt nur noch darauf, so schnell wie möglich zu krabbeln.

Nunc tantum in repere quam celerrime posset intenta erat.

Das Ausbleiben von Kommentaren störte ihn nicht.

Inopia commentariorum ab ullo eum non perturbabat.

Erst als er schon in der Tür war, drehte er den Kopf.

Tantum cum iam intra ianuam esset, caput vertit.

Aber er konnte sich nicht vollständig umdrehen und zurückblicken.

Sed non potuit se convertere ut omnino respiceret.

Denn er spürte, wie sich sein Nacken beim Umdrehen noch mehr versteifte.

Quia sensit collum suum etiam magis rigidum fieri dum se convertit.

Doch er sah, dass sich hinter ihm ohnehin nichts verändert hatte.

Sed vidit nihil post se mutatum esse.

Der einzige Unterschied war, dass seine Schwester aufgestanden war.

Sola differentia erat quod soror eius surrexerat.

Sein letzter Blick verriet ihm, dass seine Mutter eingeschlafen war.

Ultimus eius aspectus ostendit matrem dormivisse.

Sobald er in seinem Zimmer war, wurde die Tür geschlossen.

Simul ac cubiculum suum ingressus est, ianua clausa est.

Und sobald die Tür geschlossen war, wurde der Schrank verriegelt.

Et simulac ianua clausa est, audax obseratum est.

Gregor erschrak über das unerwartete Geräusch hinter ihm.

Gregorius strepitu improviso post tergum perterritus est.

Und vor lauter Überraschung knickten seine Beine unter ihm ein.

Et crura eius sub eo vacillaverunt prae repentina admiratione.

Es war seine Schwester, die hinter ihm zur Tür geeilt war.

Soror erat quae post eum ad ianuam cucurrit.

Sie stand bereits aufrecht da und wartete auf ihn.

Iam ibi erecta steterat, et eum exspectaverat.

Dann machte sie einen leichten Sprung nach vorn, ohne dass Gregor es hörte.

Tum leviter prosiluit, Gregorio audiente.

"Endlich!", rief sie laut, als sie den Schlüssel umdrehte.

"Tandem!" clamavit, dum clavem vertebat.

„Was nun?", fragte sich Gregor, allein in der Dunkelheit.

"Quid nunc?" Gregor se rogavit, solus in tenebris.

Er merkte bald, dass er sich überhaupt nicht mehr bewegen konnte.

Mox comperit se iam omnino moveri non posse.

Doch seine Unbeweglichkeit überraschte ihn nicht wirklich.

Sed immobilitate eius non vere miratus est.

Sich auf so dünnen Beinen fortbewegen zu können, erschien lächerlich.

Tam tenuibus cruribus moveri posse ridiculum videbatur.

Er wusste nicht, wie ihm das jemals gelungen war.

Nesciebat quomodo umquam id facere potuisset.

Abgesehen davon fühlte er sich aber relativ wohl.

Sed praeter hoc se satis commode sensit.

Es stimmt, dass er am ganzen Körper tiefe Schmerzen verspürte.

Verum est eum profundum dolorem per totum corpus sensisse.

Doch der Schmerz schien immer schwächer zu werden.

Sed dolor infirmior et infirmior fieri videbatur.

Und er hatte das Gefühl, der Schmerz würde irgendwann verschwinden.

Et sensit quasi dolor tandem evanesceret.

Er spürte den faulen Apfel in seinem Rücken kaum noch.

Vix iam malum putridum in dorso sentiebat.

Er dachte mit Rührung und Liebe an seine Familie zurück.

De familia sua cum affectu et amore cogitabat.

Er spürte die Gefühle seiner Schwester noch stärker als sie selbst.

Affectus sororis suae etiam magis quam illa sensit.

Sie hatte Recht mit dem, was sie gesagt hatte; er musste gehen.

Recte dixerat; ille abire debuit.

Er verbrachte einige Zeit in diesem leeren und friedlichen Zustand.

Aliquod tempus in hac vacuitate et pace condicione degit.

Die Uhr schlug dreimal, leise, aber bestimmt.

Horologium ter pulsavit, tacite sed firmiter.

Gregor wurde sanft aus seinen Betrachtungen gerissen.
Gregor leniter e contemplationibus suis extractus est.
Er beobachtete, wie das Morgenlicht langsam in sein Zimmer drang.
Lucem matutinam lente in cubiculum suum ingredi observavit.
Dann sank sein Kopf völlig nach unten, ohne dass er es wollte.
Tum caput eius, sine voluntate sua, omnino demersum est.
Und sein letzter Atemzug entwich schwach aus seinen Nasenlöchern.
Et ultimus spiritus debile ex naribus effluxit.

Das Dienstmädchen kam früh am Morgen in sein Zimmer.
Ancilla mane primo cubiculum eius venit.
Bei ihrem üblichen kurzen Besuch fand sie nichts Ungewöhnliches vor.
Nihil insolitum per consuetam brevis visitationem invenit.
Aus Kraft und in Eile knallte sie alle Türen zu.
Viribus et festinatione deficiente, omnes fores fortiter clausit.
An ruhigen Schlaf war in der gesamten Wohnung nicht zu denken.
Nullus placidus somnus in toto apartamento fieri poterat.
Sie war gebeten worden, dies morgens zu vermeiden.
Rogata erat ne hoc mane faceret.
Sie glaubte, er läge absichtlich so regungslos da.
Putavit eum ibi tam immobilem de industria iacere.
Vielleicht wollte er ihr zeigen, dass er beleidigt war.
Fortasse ei demonstrare voluit se offensum esse.
Sie vertraute darauf, dass er über alle Arten von Intelligenz verfügte.
Ei omni generi intelligentiae praeditum confidebat.
Sie hielt zufällig den langen Besen in der Hand.
Forte scopam longam in manu tenebat.
Also versuchte sie von der Tür aus, Gregor ein wenig zu kitzeln.
Itaque, ab ianua, Gregorium paulum titillare conata est.

Sie war etwas verärgert darüber, dass er überhaupt nicht reagierte.

Paulum irritata est quod ille omnino non respondit.

Deshalb stieß sie ihn diesmal etwas energischer an.

Ita eum hac vice paulo firmius impulit.

Als er keinen Widerstand leistete, sah sie genauer hin.

Cum nullam resistentiam praebuisset, illa propius inspexit.

Bald begriff sie, was Gregor wirklich zugestoßen war.

Mox intellexit quid Gregori vere accidisset.

Sie öffnete die Augen noch weiter und pfiff vor sich hin.

Oculos latius aperuit, et sibi sibilavit.

Doch sie zögerte nicht lange, bevor sie die Tür öffnete.

Sed non multum temporis perdidit antequam ianuam aperiret.

Und sie rief mit lauter Stimme in die Dunkelheit:

Et magna voce in tenebras clamavit:

"Komm und sieh es dir an, da liegt es, völlig tot."

"Veni et vide, ecce iacet, omnino mortuum."

Die beiden Eltern saßen aufrecht in ihrem Ehebett.

Duo parentes in lecto maritali recti sedebant.

Zuerst mussten sie den Lärmschock überwinden.

Primum ictum strepitus superare debebant.

Doch dann begannen sie langsam, ihre Botschaft zu verstehen.

Sed deinde paulatim nuntium eius intellegere coeperunt.

Herr und Frau Samsa sprangen jeweils von ihrer Seite des Bettes.

Dominus et Domina Samsa uterque e sua parte lecti desiluerunt.

Herr Samsa warf sich die dicke Decke über die Schultern.

Dominus Samsa crassum stragulum super umeros suos iecit.

Und Frau Samsa kam nur im Nachthemd heraus.

Et domina Samsa nihil nisi tunica nocturna induta prodiit.

Und so gelangten sie in Gregors Zimmer.

Et sic cubiculum Gregorii ingressi sunt.

Inzwischen hatte sich auch die Tür zum Wohnzimmer geöffnet.

Interea, ianua cubiculi vivendi etiam aperta erat.

Grete hatte dort geschlafen, seit die Mieter eingezogen waren.

Grete ibi dormiverat ex quo inquilini immigraverant.

Sie war vollständig angezogen, als hätte sie überhaupt nicht geschlafen.

Quasi omnino non dormivisset, omnino vestita erat.

Ihr blasses Gesicht schien ebenfalls ihren Schlafmangel zu beweisen.

Pallida quoque facies eius somni inopiam probare videbatur.

„Er ist tot?", fragte Frau Samsa und blickte die Magd an.

"Mortuus est?" rogavit domina Samsa, ancillam intuens.

Das hätte sie selbst überprüfen können, indem sie ihn angesehen hätte.

Ipsa eum intuens hoc confirmare potuisset.

„Ich glaube schon", sagte das Dienstmädchen und hob den Besen auf.

"Ita puto," inquit ancilla, scopam tollens.

Und sie schob seinen Körper ein langes Stück über den Boden.

Et corpus eius longe per pavimentum impulit.

Frau Samsa machte eine Bewegung, als wolle sie sie aufhalten.

Domina Samsa motum fecit quasi eam impedire vellet.

Doch am Ende ließ sie das Dienstmädchen Gregor herumschieben.

Sed tandem ancillam Gregorium circumducendi permisit.

„Nun", sagte Herr Samsa, „endlich können wir Gott danken."

"Bene," inquit dominus Samsa, "tandem Deo gratias agere possumus."

Er bekreuzigte sich; Kopf, Brust, Schultern.

Signum crucis fecit; caput, pectus, umeros.

Und die drei Frauen folgten seinem religiösen Beispiel.

Et tres mulieres exemplum eius religiosum secutae sunt.

Grete, die den Blick nicht von der Leiche abwandte, sagte:

Grete, quae oculos a cadavere non avertit, dixit;

„Seht nur, wie dünn er war! Er hat so lange nichts gegessen."

"Vide quam macer erat, tam diu non edit."

„Das Futter, das ich ihm jeden Morgen hinstellte, war immer
unberührt.“

"Cibus quem ei singulis mane relinquebam semper intactus
erat."

Tatsächlich war Gregors Körper völlig flach und trocken.

Re vera, corpus Gregorii omnino planum et siccum erat.

Dies war nun, da er am Boden lag, deutlicher zu erkennen.

Hoc nunc magis conspicuum erat, cum humi esset.

**Weil sein Körper nicht mehr von seinen Beinen
hochgehalten wurde.**

Quia corpus eius iam cruribus non levabatur.

**Und weil es nichts anderes gab, was die Aussicht
beeinträchtigte.**

Et quia nihil aliud erat quod prospectum averteret.

**„Komm doch für eine Weile mit uns herein, Grete“, sagte
Frau Samsa.**

"Intra nobiscum paulisper, Grete," dixit domina Samsa.

**Während sie sprach, lag ein gequältes Lächeln auf ihren
Lippen.**

Risus dolorosus in labiis eius apparebat dum loquebatur.

**Grete folgte ihnen, blickte aber auch immer wieder zurück
auf die Leiche.**

Grete eos secuta est, sed etiam ad cadaver respexit.

**Das Dienstmädchen schloss die Tür und öffnete das Fenster
ganz.**

Ancilla ianuam clausit et fenestram plene aperuit.

Es war noch früh, daher wäre die Luft normalerweise kalt.

Adhuc mane erat, itaque aer plerumque frigidus esset.

Doch in der kalten Luft lag auch ein Hauch von Wärme.

Sed erat etiam mixtura caloris in aere frigido.

**Wie eine sanfte Erinnerung daran, dass es nun Ende März
war.**

Quasi lenis admonitio iam finem Martii advenisse.

Die drei Mieter verließen nun ebenfalls ihr Zimmer.

Tres incolae nunc quoque e cubiculo suo progressi sunt.

Sie schauten sich staunend nach ihrem Frühstück um.

Stupefacti circumspiciebant prandium suum quaerentes.
Das Frühstück wurde vergessen, wegen dem, was das Dienstmädchen gefunden hatte.
Ientaculum oblitum est propter ea quae ancilla invenit.
„Wo gibt es Frühstück?", grummelte der mittlere Herr.
"Ubi est ientaculum?" medius vir murmuravit.
Das Dienstmädchen legte den Finger an den Mund, um Ruhe zu gebieten.
Ancilla digitum ori admovit ut silentium imperaret.
Und sie winkte den Herren hastig und stumm zu.
Et illa festinanter et silenter viris manum admonuit.
Das Dienstmädchen geleitete die drei Herren in den Raum.
Ancilla tres viros in cubiculum duxit.
Und sie erklärte ihnen weiterhin, was geschehen war.
Et perrexit eis explicare quae accidissent.
Und die drei Herren standen um Gregors Leichnam herum.
Et tres viri circum cadaver Gregoris steterunt.
Mit den Händen in den Taschen blickten sie nach unten.
Manibus in sinibus deorsum aspexerunt.
Das Morgenlicht hatte den Raum nun vollständig durchflutet.
Lux matutina iam cubiculum penitus inundaverat.
Dann öffnete sich die Schlafzimmertür und Herr Samsa erschien.
Tum ianua cubiculi aperta est et dominus Samsa apparuit.
Auf der einen Seite saß seine Frau, auf der anderen seine Tochter.
Ex una parte uxor eius, ex altera filia.
Herr Samsa trug inzwischen bereits seine Uniform.
Dominus Samsa iam nunc uniformem suam gerebat.
Man konnte sehen, dass sie alle ein bisschen geweint hatten.
Stupparere poterat omnes paulum lacrimavisse.
Grete drückte ihr Gesicht an den Arm ihres Vaters.
Grete faciem bracchium patris pressit.
„Verlassen Sie sofort meine Wohnung!", befahl Herr Samsa.
"Statim ex aedibus meis discede!" iussit dominus Samsa.
Und er deutete auf die Tür, ohne die Frauen gehen zu lassen.

Et ad ianuam digitum monstravit, mulieribus non dimissis.

„Was meinen Sie damit?", fragte der Mittelsmann verunsichert.

"Quid dicis?" rogavit medius, perturbatus.

Und er gab sich alle Mühe, Herrn Samsa freundlich anzulächeln.

Et quantum potuit conatus est domino Samsae dulciter arridere.

Die anderen beiden hielten ihre Hände hinter dem Rücken.

Ceteri duo manus post terga tenebant.

Und sie rieben sich erwartungsvoll die Hände.

Et manus suas prae exspectatione inter se fricabant.

Offenbar erwarteten sie einen lauten Streit.

Magnam rixam exspectare videbantur.

Aber sie schienen sich auf die bevorstehende Auseinandersetzung zu freuen.

Sed de imminente contentione laeti esse videbantur.

Sie dachten, der Streit würde zu ihren Gunsten ausgehen.

Putaverunt controversiam sibi faventem fore.

„Ich meine genau das, was ich eben gesagt habe", antwortete Herr Samsa.

"Prorsus quod modo dixi dico," respondit dominus Samsa.

Er ging mit seinen beiden Begleitern in einer geraden Linie.

Cum duobus comitibus suis recta linea ambulabat.

Und Herr Samsa ging direkt auf ihren Anführer zu.

Et dominus Samsa directe ad principem virum adiit.

Der Herr blieb zunächst stehen und blickte zu Boden.

Vir primo immobilis stetit, terram intuens.

Die Gedanken in seinem Kopf waren noch im Wandel.

Contenta capitis eius adhuc se ordinabant.

"Gut, dann gehen wir", sagte er und blickte zu Herrn Samsa auf.

"Bene, ibimus," inquit, et ad dominum Samsam sursum respexit.

Eine neue Demut schien ihn plötzlich ergriffen zu haben.

Nova humilitas eum subito superasse visa est.

Und er schien um Erlaubnis für diese Entscheidung zu
bitten.
Et videbatur quasi veniam pro hac decisione petere.
Herr Samsa öffnete die Augen weit und nickte leicht.
Dominus Samsa oculos late aperuit et paulum annuit.
Die Herren folgten seinem Befehl unverzüglich.
Viri statim imperio eius paruerunt.
Und sie machten tatsächlich große Schritte in den Flur
hinein.
Et revera longos passus in andronem fecerunt.
Seine Freunde hatten bereits aufgehört, sich die Hände zu
reiben.
Amici eius iam desierant manus fricare.
Sie hatten mitgehört, wie das Gespräch verlaufen war.
Audiverant quomodo sermo procederet.
Und nun rannten sie ihm nach, als ob sie Angst hätten.
Et nunc post eum currebant, quasi timore praecipites.
Es ist möglich, dass Herr Samsa sie immer noch von ihrem
Anführer isoliert.
Dominus Samsa eos a duce suo adhuc segregare posset.
Sie zogen ihre Stöcke aus dem Stöckebehälter.
Virgas suas e vase virgarum extraxerunt.
Und sie verbeugten sich schweigend, bevor sie die
Wohnung verließen.
Et tacite inclinaverunt se antequam ex aedibus exierunt.
Herr Samsa und die beiden Frauen traten aus dem Vorplatz.
Dominus Samsa et duae mulieres ex atrio processerunt.
Aber eigentlich hatten sie keinen Grund, den Männern zu
misstrauen.
Sed re vera nullam causam habebant viris diffidentes.
Sie lehnten sich ans Geländer, um zu überprüfen, ob sie weg
waren.
In cancellos incumbentes, explorarent num abiissent.
Die drei Herren kamen tatsächlich die Treppe herunter.
Tres viri revera scalas descendebant.
In einer bestimmten Kurve der Treppe verschwanden sie.
In quodam scalarum flexu evanuerunt.

Und dann brachte die Treppe sie wieder in Sichtweite.

Et tum scalae eos rursus in conspectum reduxit.

Dieses Erscheinen und Verschwinden wiederholte sich auf jeder Etage.

Haec apparitio et disparitio in omni tabulato iterata est.

Doch schließlich waren sie fast am Ziel.

Sed tandem fere ad fundum pervenerant.

Je weiter sie gingen, desto uninteressanter wurden sie.

Quo longius progrediebantur, eo magis inutilia erant.

Alle kehrten erleichtert ins Haus zurück.

Omnes, quasi solatio affecti, domum redierunt.

Sie beschlossen, den Tag zum Ausruhen und für einen Spaziergang zu nutzen.

Constituerunt diem ad quietem et ambulationem uti.

Sie waren der Meinung, dass sie sich diese Auszeit von ihrer Arbeit verdient hatten.

Sentiebant se hanc requiem a labore suo meruisse.

Sie hatten diese Auszeit nicht nur verdient, sie brauchten sie auch.

Non solum hanc requiem meruerunt, sed etiam egebant.

Sie setzten sich an den Tisch, um Entschuldigungsbriefe zu schreiben.

Ad mensam consederunt ut epistulas veniae petendae scriberent.

Herr Samsa verfasste seinen Entschuldigungsbrief an die Geschäftsleitung.

Dominus Samsa epistulam veniae petens ad administrationem suam scripsit.

Frau Samsa schrieb ihren Entschuldigungsbrief an ihre Kunden.

Domina Samsa epistulam veniae petens clientibus suis scripsit.

Und Grete schrieb ihren Entschuldigungsbrief an ihren Schulleiter.

Et Grete epistulam veniae petens ad rectorem suum scripsit.

Während alle schrieben, kam das Dienstmädchen ins Zimmer.

Dum omnes scribebant, ancilla ad cubiculum venit.

Ihre Arbeit am Vormittag war erledigt, also ging sie nach Hause.

Opus matutinum confectum erat, itaque domum redibat.

Die drei Schriftsteller nickten zunächst, ohne aufzusehen.

Tres scriptores primo annuerunt, neque sursum aspicient.

Das Dienstmädchen schien aber noch nicht gehen zu wollen.

Sed ancilla nondum discedere velle videbatur.

Sie wartete einen Moment, bis die drei Schriftsteller aufblickten.

Paulisper exspectavit, donec tres scriptores oculos sursum tulerunt.

„Na?", fragte Herr Samsa verärgert, genau wie die anderen.

"Quid igitur?" rogavit dominus Samsa, iratus, sicut ceteri.

Das Dienstmädchen stand mit einem Lächeln im Gesicht in der Tür.

Ancilla in limine cum risu in facie stabat.

Sie erweckte den Eindruck, gute Neuigkeiten zu verkünden zu haben.

Spectaculum praebuit se bona nuntiare.

Aber sie würde die Neuigkeit nicht preisgeben, solange sie nicht dazu aufgefordert würde.

Sed nuntium non communicatura erat nisi rogata.

Die aufrecht stehende Straußenfeder an ihrem Hut schwankte leicht.

Penna struthionis erecta in petaso eius leviter fluctuabat.

Diese Straußenfeder hatte Herrn Samsa schon immer geärgert.

Penna illa struthionis semper dominum Samsam vexaverat.

„Also, was wollen Sie dann?", fragte Frau Samsa bestimmt.

"Quid igitur vis?" rogavit domina Samsa firmiter.

Das Dienstmädchen hatte nach wie vor großen Respekt vor Frau Samsa.

Ancilla adhuc magnam reverentiam erga dominam Samsam habebat.

„Ja", antwortete sie und lachte freundlich auf.

"Ita," respondit, et in risum amice prorupit.
**Einen Moment lang unterbrach sie ihr Lachen und sie
verstummte.**
Ad momentum risus eam loqui prohibuit.
**„Um das Ding nebenan brauchst du dir keine Sorgen zu
machen."**
"De illa re vicina tibi non est curandum."
„Ich habe bereits dafür gesorgt, wie wir es loswerden."
"Iam constitui quomodo id removebimus."
Frau Samsa und Grete schrieben ihre Briefe weiter.
Domina Samsa et Grete epistulas suas scribere perrexerunt.
**Herr Samsa bemerkte jedoch, dass das Dienstmädchen noch
nicht fertig war.**
Sed dominus Samsa animadvertit ancillam nondum finivisse.
Nun wollte sie alles genauer beschreiben.
Nunc omnia accuratius describere voluit.
**Doch er streckte die Hand aus, um ihre
Annäherungsversuche zurückzuweisen.**
Sed manum extendit ut conatus eius repelleret.
Sie erkannte, dass sie an ihren Plänen kein Interesse hatten.
Intellexit eos consiliis suis non interesse.
**Und dann erinnerte sie sich an die große Eile, in der sie
gewesen war.**
Tumque recordata est magnae festinationis, in qua fuerat.
**„Dann tschüss", sagte sie, sichtlich beleidigt über das
mangelnde Interesse.**
"Salve igitur," inquit, offensa ob inertiam.
**Bevor sie ging, knallte sie die Tür jedoch mit einem lauten
Knall zu.**
Sed antequam discessisset, ianuam vehementer clausit.
„Sie wird heute Abend entlassen", sagte Herr Samsa.
"Vesperi dimittetur," dixit dominus Samsa.
**Seine Frau und seine Tochter hatten jedoch keine Zeit, ihm
zu antworten.**
Sed uxor eius et filia nimis occupatae erant ut ei responderent.
**Weil das Dienstmädchen ihren gerade erst gewonnenen
Frieden gestört hatte.**

Quia ancilla pacem eorum nuper partam turbaverat.

Die Mutter und die Tochter standen auf und gingen zum Fenster.

Mater et filia surrexerunt ut ad fenestram irent.

Und so blieben sie mit den Armen umeinander liegen.

Et bracchiis inter se iunctis ibi manebant.

Herr Samsa drehte sich in seinem Stuhl um, um sie anzusehen.

Dominus Samsa in sella sua se convertit ut eos spectaret.

Und eine Weile lang beobachtete er sie schweigend, wie sie dort standen.

Et per aliquod tempus tacite eos ibi stantes observabat.

Schließlich rief er ihnen zu: „Willst du zu mir kommen?"

Tandem eos clamavit, "venitis ad me?"

„Vergessen wir doch einfach all den alten Kram."

"Obliviscamur de omnibus illis rebus veteribus, nonne?"

"Komm her und schenk mir ein wenig deiner Aufmerksamkeit."

"Veni ad me et mihi paululum attentionis tuae da."

Die beiden Frauen taten, wie er gesagt hatte, und eilten zu ihm hinüber.

Duae mulieres, ut dixit, fecerunt et ad eum acceleraverunt.

Sie umarmten ihn herzlich und küssten ihn.

Affectuose eum amplexi sunt, et osculati sunt.

Sie kehrten schnell zurück, um ihre Briefe fertig zu schreiben.

Celeriter redierunt ut epistulas suas scribere perficerent.

Dann verließen alle drei gemeinsam die Wohnung.

Tum omnes tres simul ex apartamento discesserunt.

Sie waren seit Monaten nicht mehr zusammen aus dem Haus gegangen.

Mensibus simul domo non exierant.

Und sie fuhren mit der Straßenbahn an den Stadtrand.

Et tramvia ad extrema urbis partes ceperunt.

Sie hatten den gesamten Waggon der Straßenbahn für sich allein.

Totum currum traminis sibi soli habebant.

Von draußen strömte Sonnenschein durch das Fenster.
Sol per fenestram extrinsecus inundavit.
Die Familie lehnte sich bequem in ihren Sitzen zurück.
Familia in sedibus suis commode recubuit.
Und sie besprachen die Aussichten für ihre Zukunft.
Et de spe futuri sui disseruerunt.
Bei näherer Betrachtung waren ihre Aussichten gar nicht so
schlecht.
Inspectis propius, spes eorum non malae erant.
Alle drei hatten Jobs mit dem Potenzial, mehr zu verdienen.
Omnes tres officia habebant cum facultate plus acquirendi.
Sie hatten einander nie nach ihrer Arbeit gefragt.
Numquam se invicem de opere suo interrogaverant.
Doch nun hatten sie endlich Zeit, solche Dinge zu
besprechen.
Sed nunc tandem tempus habebant de talibus rebus
disserendis.
Sie hatten auch die Möglichkeit, in eine kleinere Wohnung
umzuziehen.
Optionem etiam habuerunt ad minorem apartmentum
migrandi.
Dies hätte den größten Einfluss auf ihr Leben.
Hoc maximum in eorum vitas momentum haberet.
Ihre jetzige Wohnung hatte Gregor ausgesucht.
Habitaculum eorum praesens a Gregorio electum erat.
Aber jetzt könnten sie in eine günstigere Gegend ziehen.
Sed nunc alibi viliore migrare possunt.
Eine kleinere Wohnung, aber eine praktischere.
Apartmentum minus, sed alicubi utilius.
Das Gespräch über die Zukunft machte Grete wieder
lebendiger.
De futuro sermo Gretam iterum vividiorem reddidit.
Herr und Frau Samsa bemerkten auch andere
Veränderungen an ihr.
Dominus et Domina Samsa alias quoque mutationes in ea
animadverterunt.
Ihre Wangen waren vor lauter Sorgen ganz blass geworden.

Genae eius omnibus curis pallebant.

Doch ihre Tochter entwickelte sich inzwischen zu einer feinen jungen Dame.

Sed nunc filia eorum in feminam elegantem florebat.

Sie war mittlerweile wirklich eine wohlproportionierte und hübsche junge Frau.

Vere nunc erat iuvenis bene constituta et elegans.

Ihre Eltern wurden still und bewunderten ihre Tochter.

Parentes eius siluerunt et filiam suam admirabantur.

Sie wechselten Blicke und kommunizierten unbewusst.

Inter se aspexerunt, inconscii colloquentes.

„Es wird bald an der Zeit sein, einen guten Mann für sie zu finden.“

"Mox tempus erit virum bonum ei invenire."

Die Straßenbahn hatte ihr Ziel erreicht und bremste ab.

Tramvia ad destinatum locum pervenerat et tardavit.

Ihre Tochter schien ihre neuen Träume zu bestätigen.

Filia eorum nova somnia confirmare visa est.

Sie war die Erste, die aufstand und ihren jungen Körper streckte.

Prima erat quae surrexit et iuvenile corpus extendit.